Angie Pfeiffer
Dackel Murphys Abenteuer

Angie Pfeiffer

Dackel Murphys Abenteuer

Ein Roman für große und kleine Tierfreunde

Deutsche Erstausgabe
Oktober 2015
by Angie Pfeiffer
2. Auflage 2020

Herstellung und Verlag:
BoD - Books on Demand,
Norderstedt
ISBN: 9783738649802

Wie Murphy seine Familie fand

Langsam wachte der kleine Dackelwelpe auf und räkelte sich. Wie immer lag er nah an seine Mutter und die Geschwister gekuschelt. Wie schön warm, weich und behaglich sich das anfühlte. Doch heute war irgendetwas anders als sonst. Es erschien ihm alles sehr viel heller und lauter.
Er öffnete die Augen.
MOMENT!
Er konnte die Augen öffnen!
Zum ersten Mal in seinem bis jetzt drei Wochen andauernden Leben sah er etwas und riss die Augen weit auf, um sie gleich wieder zu schließen. Er hatte ja nicht ahnen können, wie bunt die Welt um ihn herum war. Vorsichtig blinzelte Murphy drehte langsam den Kopf nach rechts und links, nach oben und unten.

Doch nicht nur, dass alles Farbe bekommen hatte, es war um ihn herum auch schrecklich laut geworden. Murphy konnte nämlich viel besser hören, als es gestern noch der Fall gewesen war. Das helle Licht und die vielen Töne verwirrten ihn, er schaute hilfesuchend um sich.

„Hallo mein kleiner Murphy. Aufgewacht?", fragte eine liebe Stimme.

Wie immer wusste der Dackeljunge ganz von selbst, dass es die Stimme seiner Mutter war. Doch jetzt konnte er sie gut sehen und betrachtete sie prüfend.

„Hallo Mama", mauzte er, während seine Mutter ihm liebevoll über den Kopf leckte.

Jetzt regten sich auch die Geschwister. Deshalb bemühte sich Murphy als erster an die Zitzen seiner Mutter zu kommen, denn er hatte plötzlich einen mächtigen Hunger. Als er sich satt getrunken hatte, kuschelte er sich wieder ganz dicht an und schlief glücklich ein.

Als er das nächste Mal aufwachte, hatte er schlimme Zahnschmerzen, er jammerte drauflos. Wieder leckte ihn seine Mutter liebevoll ab.
„Du bekommst deine Milchzähne, mein Kleiner. Das tut ein bisschen weh, aber es vergeht auch wieder. Trink noch ein wenig Milch und dann kuschelst du dich ganz nah an mich."
Das tat der kleine Dackel und bald war er eingeschlafen.

Am nächsten Morgen wurde er durch seine Geschwister geweckt. Einer seiner Brüder versuchte, Murphys Pfote anzuknabbern, während ein anderer seine Nase ableckte. Das kitzelte ganz schön.

„Hey, lass das gefälligst sein!"

Murphy befreite sein Vorderbein, drehte den Kopf weg und musterte seine Umgebung interessiert.

Er saß zusammen mit seiner Mutter und den fünf Geschwistern in einer großen Holzkiste, die innen mit Sägespänen ausgestreut war. Der Raum, in dem sie sich befanden, erschien ihm ziemlich groß und dunkel, aber der kleine Welpe hatte keine Angst, denn er war ja nicht allein.

Während er prüfend die Luft einsog, um seine Umgebung besser kennenzulernen öffnete sich die Tür. Ein seltsames Wesen betrat den Raum.

„Das ist ein Mensch, Kinder", klärte die Dackelmutter ihre Welpen auf. „Ihr müsst immer nett zu ihm sein und ihm gehorchen, denn er ist unser Rudelführer. Er füttert uns und sorgt für unsere Sicherheit."

„Aber er sieht komisch aus, Mama, und wieso läuft er auf seinen Hinterbeinen?", wagte Murphy einzuwenden.

Liebevoll schaute seine Mutter ihn an. „Er ist zwar nicht so hübsch wie wir, aber er bringt das Futter. Warum er es sich nicht bequem macht und auf allen Vieren läuft, weiß ich auch nicht so genau. So sind die Menschen eben. Man kann sie oft nicht verstehen."

Der Mann hielt eine große und eine kleine Schüssel in den Händen, beugte sich herunter und stellte die Schüsseln auf den Boden, während er redete.

„So, hier ist euer Futter. Einmal für die Mutter und eine Schüssel für die Jungen."

Murphys Mutter ging zu der großen Schüssel und fraß daraus. Während sie kaute, ermunterte sie ihre Welpen:

„Der kleine Napf ist für euch. Versucht das Futter einmal. Es schmeckt sehr gut."

Vorsichtig ging Murphy als Erster zu dem kleinen Napf und roch prüfend an dem Inhalt. Anschließend probierte er laut schmatzend. Es schmeckte wirklich gut, wenn auch nicht so toll wie Mamas Milch. Nach und nach wagten sich seine Geschwister auch an den Napf, der in Windeseile leergefressen war. Der Mensch hatte ihnen mit großem Vergnügen zugeschaut und nahm die leeren Schüsseln auf.

„Donnerwetter", staunte er, „das nächste Mal muss ich euch ein bisschen mehr Futter bringen.

„Das ist eine gute Idee", sagte Murphy. Der Mann drehte sich um. „Du bist ja ein ganz Frecher! Kläfft mich jetzt schon an."

„Nein, ich meinte nur, dass du das nächste Mal mehr Futter mitbringen sollst", antwortete Murphy, aber der

Mensch verstand ihn wohl nicht, denn er ging aus dem Raum, ohne geantwortet zu haben.

„Ihr müsst wissen, dass sie unsere Sprache nicht sprechen", erklärte die Dackelmutter. „Doch wir können uns ihnen trotzdem verständlich machen. Sie sind nur manchmal etwas schwer von Begriff." Sie seufzte tief. „Wir müssen ein wenig Geduld aufbringen, früher oder später verstehen unsere Menschen, was wir von ihnen möchten."

Das war alles sehr aufregend für Murphy und so legte er sich hin und machte ein Nickerchen.

Später wachte er davon auf, dass der Mensch in den Raum kam und mit den Futterschüsseln klapperte.

Weil er nun schon wusste, wie es ging, bemühte Murphy sich wieder als erster an den kleineren Napf zu kommen.

Das gelang ihm mit einem Trick: Er kniff einfach die Augen zusammen, nahm Anlauf und rannte los. Durch den

Schwung gelang es ihm, seine Geschwister wegzuschubsen. So konnte er das wohlschmeckende Futter einen Moment alleine genießen zu.

Trotzdem mochte der kleine Dackel nicht auf Mutters Milch verzichten und holte sich nach dem Essen noch einen Nachtisch bei ihr.

Die Tage vergingen. Murphy trank Milch, aß das Futter, das der Mensch regelmäßig vorbeibrachte, und schlief viel. Zwischendurch spielte er mit seinen Geschwistern.

Nach und nach traute er sich immer weiter aus der Ecke heraus, in der die Schlafkiste für ihn und seine Familie stand.

Bald hatte er alle Teile der Garage, denn das war der große Raum, beschnüffelt, kannte sich richtig gut aus und tollte mit seinen Geschwistern im ganzen Raum herum.

Wenn die Kleinen zu stürmisch miteinander umgingen ermahnte sie die Mutter.

„Vorsicht Kinder, verletzt euch nicht. Merkt euch: Wenn ihr in irgendetwas beißt und es quiekt oder schreit, dann müsst ihr loslassen, denn dann ist es lebendig und vielleicht sogar gefährlich."

Heute schien ein besonderer Tag zu sein. Die Dackelmutter war ganz aufgeregt. Sie leckte ihre Jungen sehr sorgfältig ab.

„Kinder, ihr müsst sauber sein, denn es kommen Leute, die euch anschauen." Sie seufzte tief. Das tat sie in der letzten Zeit häufig. „Wir werden uns bald trennen müssen. Ihr findet eure Menschen, denn sie suchen euch jetzt bestimmt aus. Ich muss zurück zu meinen Leuten."

„Ich will auch mit zu deinen Leuten, Mama", piepste Murphy erschrocken. „Mich braucht keiner auszusuchen. Ich will überhaupt keinen eigenen Menschen. Sie sind mir zu groß, riechen komisch und laufen auf den Hinterbeinen."

Beruhigend leckte ihm seine Mutter über den Kopf. Sie kam nicht mehr dazu, ihm zu antworten, denn die Tür öffnete sich. Herein kam der Futterbringer. Zwei weitere Menschen folgten ihm zögernd.

„Jetzt benehmt euch gut, Kinder", flüsterte die Mutter. „Das sind die Ersten, die sich einen von euch aussuchen möchten. Ein Mann und eine Frau, das ist gut. Sie sehen freundlich aus, das ist noch besser."

Murphy musterte das Pärchen mit finsterem Blick: Das waren also die Leute, die ihn von seiner Mama und den Geschwistern trennen wollten! Das durfte niemals geschehen! Bösartig grollend stürzte er sich auf den Größeren der beiden.

„Hey, du, ich will bei meiner Mama bleiben. Wenn du mich aussuchst, dann beiße ich dich", bellte er so laut er konnte. Zur Bekräftigung biss er in einen langen Faden, welcher dem Mann aus dem Schuh hing. „Ha! Ich meine es ernst und ich bin sehr gefährlich!"

Die Frau ging in die Hocke und strich ihm sacht über den Kopf. „Och, schau mal Alan, ist der süß. Er mag dich."

Alan lachte. „Ja, das ist ein munterer kleiner Kerl und ich mag ihn auch", mit diesen Worten streichelte auch er den kleinen Hund.

Einen Moment lang schloss Murphy genießerisch die Augen, weil streicheln sich noch besser anfühlte, als Mutters Abschlecken. Dann besann er sich und versuchte noch gefährlicher zu knurren, während er den Schuhfaden weiter langzog.

Wieder lachte der Mann. „Der Kleine ist wirklich super, was meinst du? Wollen wir ihn nehmen?"

„Oh ja, Alan, er ist so niedlich und auch so lebhaft. Ich habe ihn jetzt schon lieb. Und wie süß er maunzt."

Die Frau schien ziemlich dumm zu sein, denn sie begriff nicht, dass Murphy gefährlich knurrte.

„Das ging ja schnell", meldete sich der Futtermensch zu Wort. „Wissen Sie schon einen Namen für den Kleinen?" Alan brauchte nicht lange zu überlegen. „Ja, sicher, er heißt Murphy", verkündete er nach einem kurzen Blick auf den kleinen Hund, der immer noch an seinem Schnürsenkel zerrte.

Verblüfft ließ Murphy los. „Woher weißt du meinen Namen?", fragte er.

Alan nahm ihn auf den Arm. „Da staunst du, mein Kleiner", sagte er. „Du und ich – wir werden ein super Team." Murphy konnte gar nicht anders, er kuschelte sich an und schloss die Augen, während Alan ihm den Bauch kraulte. „Jetzt bleibst du noch einige Zeit bei deiner Mutter. In drei Wochen holen wir dich ab."

Der Futtermensch mischte sich ein: „Ja, dann behalte ich das Tier eben bis Sie aus dem Urlaub kommen. Das ist kein Problem."

Behutsam setzte Alan den kleinen Hund wieder zu seiner Mutter in die Kiste. „Dann sind wir uns also einig. Der Welpe ist sowieso im Moment noch besser bei seiner Mutter aufgehoben. In drei Wochen hat er das richtige Alter."

Zum Abschied streichelte er Murphy noch einmal. „Bis bald, Kumpel. Wir sehen uns."

Als die Hundekinder später völlig erschöpft von all der Aufregung des Tages neben ihrer Mutter einschliefen, flüsterte diese Murphy ins Ohr. „Siehst du, das sind deine Menschen, du hast sie und sie haben dich ausgesucht. Genau so muss das sein."

Im Laufe der nächsten Tage kamen immer wieder Leute um sich einen Welpen auszusuchen. Die meisten nahmen ihren Hund sofort mit, obwohl die Tiere nicht einmal sechs Wochen und deshalb viel zu jung für eine Trennung von Mutter und Geschwistern waren. Bald blieben nur noch Murphy und seine Mutter übrig, die von Tag zu Tag trauriger wurde.

„Mein Kleiner, unsere gemeinsame Zeit läuft bald ab", sagte sie häufig.

„Ach was, Mama, wir sind doch zusammen."

Murphy wollte nicht zugeben wie sehr ihm die Geschwister fehlten. „Vielleicht musst du gar nicht weg."

Die Dackelmutter fuhr ihm liebevoll mit der Zunge über den Kopf und seufzte. „Ich wollte das wäre so. Aber der Mann, der uns das Futter bringt, ist kein guter Mensch. Er hat meinen Leuten Geld geliehen und weil sie es nicht zurückzahlen konnten, hat er einen Handel mit ihnen abgeschlossen: Er nahm mich mit und verkaufte meine Jungen. Anschließend bringt er mich wieder nach Hause. Doch jetzt bin ich ja hier und wir wollen an etwas anderes denken…"

Dann, eines Morgens, wachte Murphy auf und war ganz allein. Er blinzelte, schaute um sich.

„Mama", rief er und lauter: „Mama???"

Er bekam keine Antwort, stattdessen schien ihm der Raum plötzlich riesengroß und erschreckend düster zu sein. „Mama", rief er noch einmal verzagt und schon deutlich leiser. Doch eigentlich wusste er, dass seine Mutter ihn verlassen hatte. Von nun an würde er ganz allein sein. Bei diesem Gedanken rollte sich der kleine Dackel zusammen und wimmerte leise vor sich hin, bis er schließlich erschöpft einschlief.

Irgendwann später schreckte er auf. Der Futtermensch stand vor ihm und betrachtete ihn abschätzend.

„Wenn ich gewusst hätte, wie viel Ärger du mir machst, du Töle", mit diesem Worten packte er den kleinen Hund im Nacken und trug ihn ins Freie.

Murphy blinzelte, das Sonnenlicht kam ihm ungewohnt hell vor, blendete ihn. Er schloss vorsichtshalber die Augen, öffnete sie aber gleich wieder, denn der Futtermensch setzte ihn auf dem Boden ab. Murphy machte ein paar zögerliche Schritte, um sich gleich wieder ängstlich an den Menschen zu drücken. Eine Meute von großen Hunden stürzte auf ihn zu und umringte ihn laut bellend.

„Was willst du hier, du kleiner Mistköter", knurrte der Rudelführer drohend.

Murphy senkte ehrerbietig den Kopf, vermied es einem Mitglied es Rudels in die Augen zu schauen.

„Das weiß ich nicht. Der Mensch hat mich hier her getragen", sagte er leise und drückte sich noch enger an das Hosenbein des Futtermannes, der den kleinen Hund ungeduldig abschüttelte.

„Sieh zu wie du klarkommst", murmelte er, während er davon stapfte.

Indessen rückte die Hundemeute drohend näher, umringte den zitternden Welpen. Ohne Vorwarnung stürzte sich der Rudelführer auf ihn, packte ihn im Genick und schüttelte ihn, dass ihm Hören und Sehen vergingen.

„Nur damit du weißt, wer hier das Sagen hat", knurrte er.

An die anderen Hunden gewandt meinte er: „Der Mensch schert sich nicht um den kleinen Kacker. Wir können also unseren Spaß mit ihm haben."

Von Stund´ an zitterte Murphy um sein Leben, denn die Meute trieb ihr böses Spiel mit ihm, wann immer sie Langeweile hatte.

Meistens umringten die Hunde ihn, anschließend stürzte einer von ihnen auf den Welpen zu und warf den kleinen Kerl um. Sobald er sich wieder aufgerappelt hatte, stürzte sich schon der nächste Hund auf ihn, das Spiel ging von neuem los.

Der Mensch kümmerte sich wenig um das böse Treiben. Nur wenn Murphy all zu sehr weinte, weil er nicht ein noch aus wusste, ging der hartherzige Mann dazwischen und trieb die Hundemeute auseinander.

Als es die Hunde immer arger trieben, sperrte er den Welpen kurzerhand wieder in die große Garage, in der Murphy mit seinen Geschwistern und seiner Mutter die ersten Lebenswochen verbracht hatte.

Dort drückte sich der Kleine in eine Ecke und zitterte vor Angst. Wie groß und dunkel es hier war, so ganz allein. Nach einiger Zeit stellte er fest, dass wenigstens die Holzkiste, in der er mit seiner Mutter und den Geschwistern geschlafen hatte, noch in einer Ecke stand, doch fehlten die Sägespäne. Trotzdem rollte sich Murphy in der Kiste zusammen.

Nach einer Ewigkeit öffnete sich das Garagentor. Murphy blinzelte, drückte sich ängstlich noch tiefer in die Ecke der Kiste, in der er lag.

„Das glaube ich jetzt nicht", erklang eine aufgebrachte Stimme, die ihm bekannt vorkam. Vorsichtig hob der Dackel den Kopf und erkannte den Futtermenschen. Bei ihm standen die Leute, die Murphy vor unendlich langer Zeit ausgesucht hatten.

Die Frau blitzte den Futtermann böse an. „Sie haben unseren Kleinen tatsächlich allein in diese dunkle Garage gesperrt?"

Der Mann klang gar nicht mehr so selbstsicher als er antwortete. „Ja, was sollte ich machen, alle anderen Hunde sind schon lange weg. Ich habe versucht das Tier zu meinen Hunden zu geben, aber es hat sich nicht integriert. Da haben die Hunde den Welpen natürlich nicht akzeptieren können."

25

„Geht es noch? Sie reden hier von einem zehn Wochen alten Welpen!", rief die Frau entrüstet aus.

„Wissen sie was, ich will mich gar nicht mehr mit ihnen auseinandersetzen. Wir nehmen den kleinen Kerl jetzt sofort mit." Das war der Mann, den die Frau Alan genannt hatte.

Er knurrte den Futtermann so böse an, dass dieser aus der Garage schlich, während die Frau Murphy vorsichtig auf den Arm nahm. Sie krault ihn zärtlich hinter dem Ohr.

„Jetzt kann dir nichts mehr passieren, dafür sorgen wir", murmelte sie.

Murphy kuschelte sich in ihren Arm und zum ersten Mal, seit seine Mutter ihn verlassen hatte fühlte er sich sicher und geborgen.

Murphy und Jeany

„**Hallo, mein Kleiner**, aufwachen. Du bist zu Hause."

Der Dackeljunge schüttelte benommen den Kopf, sodass seine Schlappohren hin – und herflogen. Er hatte, zusammengerollt auf Frauchens Schoss, fest geschlafen und wachte nun davon auf, dass sie ihn an der Nase kitzelte.

„Hatschi", unwillkürlich musste er niesen. Weil er sowieso wach war, kratzte er sich erst einmal ausgiebig hinter dem Ohr. Dann reckte er sich und schaute sich unternehmungslustig um. Hier wohnte also sein neues Rudel.

Alan schloss die Eingangstür auf. Behutsam wurde Murphy auf dem Boden abgesetzt und steckte vorsichtig die Nase durch die Tür. Es duftete vielversprechend. Ein bisschen erinnerte der Geruch ihn sogar an seine Mutter.

„Mama", wisperte er, doch die Antwort blieb aus. Gespannt folgte er seinen Menschen ins Haus.

„Jeany", rief die Frau. „Jeany, komm doch mal her. Schau, wen wir mitgebracht haben."

Es raschelte im Korridor. Eine grauhaarige Dackeldame lugte verschlafen um die Ecke und musterte den Welpen misstrauisch.

„Hallo", sagte Murphy, tapste auf sie zu und schnüffelte vorsichtig an ihr.

Sie roch nicht ganz wie seine Mutter, aber trotzdem sehr vertraut. Auch das Dackelweibchen schnüffelte an ihm, verzog aber angewidert die Nase und schnappte zu. Erschrocken quiekte Murphy auf, lief zu seinen Menschen und versteckte sich hinter ihnen.

Die Frau ging in die Hocke. Sie streichelte die Hündin und redete begütigend auf sie ein.

„Das geht aber nicht, Jeany! Murphy gehört jetzt zu uns, du wirst dich an ihn gewöhnen müssen. Übrigens bist du jetzt nicht mehr allein, wenn ich arbeiten gehe. Das ist doch schön."

Jeany ließ ein dumpfes Grollen hören, drehte sich aber auf den Rücken und ließ sich dem Bauch kraulen.

„Mach dir keine Sorgen, Alice", sagte der Mann zu seiner Frau. „Sie wird sich schon an den Kleinen gewöhnen."

Die schaute ihn zweifelnd an. „Das hoffe ich sehr."

Ich glaube, wir sollten uns gar nicht zu sehr einmischen", meinte er weiter. „Das regelt sich besser von selbst."

So stand die Frau auf und das Pärchen ging in die Küche.

Vorsichtshalber schloss Murphy sich ihnen an. Nach einer Weile gesellte sich auch Jeany zu ihnen. Sie musterte den Dackeljungen erneut von oben bis unten.

„So, so, du gehörst jetzt auch zu uns?", knurrte sie. „Wie heißt du überhaupt?"

„Murphy."

„Ja, das habe ich schon gehört. Aber wie heißt du weiter?", kam es ungeduldig zurück.

Murphy überlegte. „Ich heiße nicht weiter", stellte er fest. „Nur Murphy."

Die Dackeldame rümpfte geziert ihre Nase. „Tsss, nur Murphy, das habe ich gleich gerochen. Du hast also keinen Stammbaum?"

„Was ist das, ein Stammbaum?", fragte Murphy neugierig.

Die Baumstämme, die er bisher kennengelernt hatte, eigneten sich vorzüglich, um an ihnen das Bein zu heben. Doch von einem Stammbaum hatte er bis jetzt noch nichts gehört.

„Mir ist jeder Baum recht!", fügte er sicherheitshalber hinzu.

„Nun", klärte Jeany ihn auf, während sie huldvoll die Augenbrauen hob, „ich bin von adeliger Herkunft. Mein voller Name lautet ‚Pini vom Modestübchen‘ doch mein Rudel darf mich Jeany nennen. Ich kann meine Vorfahren bis ins vierte Glied zurückverfolgen. Mein Großvater war ein großer Fuchstöter. Sein Name lautete ‚Waldmann von Halili‘."

„Oh", japste Murphy beeindruckt. „Das ist toll. Ich kenne nur meine Mutter und meine Geschwister, aber ein böser Mensch hat sie mir weggenommen." Er schluckte. „Jetzt habe ich nur noch euch."

Jeany schaute ihn einen Augenblick an. „Na ja", knurrte sie dann. „Für einen ohne Stammbaum riechst du gar nicht so schlecht. Hast du Hunger? Ich glaube, in meinem Futternapf ist noch ein Happen übrig…"

„**Also mein Bester**, dass wir unser Geschäft möglichst draußen verrichten, hat man dir ja schon beigebracht. Doch ich sollte dir noch einige Grundregeln aufzählen."

Jeany leckte sich geziert die Vorderpfoten, während Murphy ihren Ausführungen lauschte und dabei vor konzentrierter Anspannung mit den Ohren wackelte.

„Wie du weißt ist Alan der Rudelführer weil er am lautesten knurren kann. Sein Weibchen, Alice, füttert uns und geht mit uns Gassi. Deswegen hat sie fast genauso viel zu sagen wie er. Doch nach den beiden komme gleich ich!"

Jeany warf sich in die Brust. „Schließlich lebe ich schon ziemlich lange hier. Du als jüngstes Rudelmitglied hast am wenigsten zu sagen. ist das klar?"

„Klar!" Murphy beeilte sich zu nicken. Jeany war in der Regel gutmütiger, als sie es eigentlich sein wollte, doch wenn er ihr in die Quere kam, so konnte sie ihn kräftig zwicken und das tat weh.

„Wenn die Rudelführer essen sitze ich unter dem Tisch, weil manchmal etwas herunterfällt. Der Platz steht mir zu", fuhr die Dackeldame fort. „Und wenn wir Futter bekommen, darfst du erst an meinen Napf gehen, wenn ich nichts mehr mag. Sonst zwicke ich dich."

„Klar", wieder nickte Murphy mit eifriger Zustimmung.

„Wasser darfst du immer trinken, wenn du Durst hast", beendete das Fräulein vom Modestübchen ihre Belehrungen. „Jetzt lass mich in Ruhe meine Pfoten sauber machen. Ich kann es nicht ausstehen, wenn sie schmutzig sind. Übrigens könnte dir eine Reinigung deiner angeschmutzten Pfoten auch nicht schaden."

„Och nö, die sind noch sauber genug." Murphy hatte andere Dinge im Kopf als die Sauberkeit seiner Pfoten. Die Welt

war groß und bunt, es galt sie zu er-
obern.

Doch zunächst schlich er sich ins
Wohnzimmer. Schon gestern hatte er
bemerkt, dass der Tisch dort aus ganz
weichem, gut duftendem Holz bestand,
an dem man prima knabbern konnte.
Das machte Spaß und schmeckte noch
besser als Lederschuhe.

Voller Behagen machte er sich daran,
ein Tischbein anzunagen, wobei die
Späne nur so flogen.

„Oh, nein, AUS! Du ungezogener
Hund!" Plötzlich stand Alice über ihm.
Sie schwang eine Zeitung, die sie mit
einem Knall auf den Tisch donnerte.
Murphy zog erschrocken den Schwanz
ein und rannte so schnell er konnte aus
dem Zimmer. Das empörte Frauchen
folgte ihm auf den Fersen, wobei es
laut mit ihm schimpfte.

Schnell hopste Murphy zu Jeany ins
Körbchen und vergrub seine Schnauze

in den Decken, mit denen ihr Schlafplatz ausgepolstert war.

Die Dackeldame unterbrach ihre Pfotenpflege für einen Moment.

„Das sollte ich noch erwähnen", erklärte sie würdevoll. „In dieser Behausung solltest du nichts anknabbern, höchstens dein Spielzeug und deine Kauknochen. Die Rudelführer zwicken dich nicht, aber sie knurren dich an und machen schreckliche Geräusche. Dann ergibst du dich am besten sofort."

Mit diesen Worten drehte Jeany sich auf den Rücken. Murphy folgte ihrem Beispiel.

Das Frauchen konnte sich ein Lachen nicht verkneifen. „Okay, ihr habt gewonnen. Zwei Dackel, die ihre Pfoten nach oben strecken, das ist zu viel für mich."

Sie setzte sich zu den beiden und kraulte ihnen den Bauch.

Mit der Zeit gewöhnte sich der kleine Dackeljunge an seine Familie. Er lernte, dass es tatsächlich verboten war Tischbeine, Schranktüren, Schuhe und Sonstiges anzuknabbern. Obwohl es ihm manchmal ziemlich schwer fiel, hielt er sich meistens an diese Regeln.

Bald merkte er, dass Jeany eigentlich ganz gutmütig war. Er durfte sie nur nicht ärgern oder nerven, dann konnte sie außerordentlich böse werden.

„Schließlich bin ich schon mehr als fünfzehn Sommer und Winter alt", erklärte sie oft, wenn der Dackeljunge sie zum Spielen aufforderte „Glaube mir mein Junge, in meinem Alter hat man schon das eine oder andere Zipperlein. Besonders mein Rücken schmerzt heute wieder. Also lass mich gefälligst schlafen."

Murphy hörte ihr aufmerksam zu, konnte sich aber gar nicht vorstellen, dass er jemals keine Lust zum Spielen haben würde.

Ein Glück, dass Alan oft mit ihm herumtobte. Murphy konnte gar nicht genug davon bekommen, hinter seinem Ball herjagen. So oft Alan ihn auch warf, immer holte der Dackel den Ball zurück, legte ihn schwanzwedelnd vor Herrchens Füßen ab und forderte ihn eifrig zu einem neuen Wurf auf.

Manchmal, wenn die Zwei zu sehr über die Stränge schlugen, und wieder einmal im Haus Ball spielten, schimpfte das Frauchen mächtig mit ihnen. Dann grinste Alan den kleinen Dackel verschwörerisch an.

„Ich glaube wir verkrümeln uns nach draußen, Partner. Das ist besser für uns. Wenn wir wieder zurückkommen, hat sie sich beruhigt", murmelte er, was Murphy mit einem zustimmenden Schwanzwedeln quittierte.

So verging die Zeit und Murphy war längst kein Welpe mehr. Er hatte seine Milchzähne verloren. Einige hatte er aus Versehen beim hastigen Verzehren einer besonders leckeren Mahlzeit verschluckt.

Einmal, als er mit dem Herrchen tobte und laut knurrend an seiner Lieblingsdecke zerrte, blieb einer seiner Fangzähne in der Decke hängen. Aber das war nicht weiter schlimm, weil der neue Zahn ja schon aus dem Kiefer lugte.

Da das Bekommen der neuen Zähne ab und zu ganz schön zwickte, vergaß er manchmal die Regeln und kaute heimlich die einen oder anderen nicht weggeräumten Schuhe an. Dann bekam er tüchtig Ärger, aber wenigstens tat hinterher der Kiefer nicht mehr so weh.

Auch seine erste Impfe hatte der kleine Dackel gut überstanden: Eines Nachmittags waren seine Menschen mit ihm und Jeany zum Tierarzt gefahren. Im Wartezimmer roch es aufregend nach allen möglichen Tieren, doch auch auf unbestimmte Weise unangenehm. Selbst Jeany, die sonst nicht aus der Ruhe zu bringen war, tippelte nervös hin und her.

„Hach, ich kann mich noch an das letzte Mal erinnern. Das war äußerst unangenehm", murmelte sie vor sich hin.

Murphy schnüffelte aufgeregt hier und dort, bis Alan ihn auf den Arm nahm und beruhigend streichelte.

Bald öffnete sich eine Tür und ein freundlich lächelnder Mann bat Hunde und Herrchen in das Behandlungszimmer.

Dort wurde zuerst Jeany auf einem großen Metalltisch abgesetzt. Während Alice sie beruhigend streichelte und am Kopf festhielt, packte der Tierarzt geschickt in ihr Nackenfell und gab ihr eine Spritze.

„Urks", die alte Hündin schüttelte sich. „Na, altes Mädchen, das war doch gar nicht schlimm", meinte der Doktor und wandte sich Murphy zu, der sich ängstlich in Alans Arm verkroch.

„So, jetzt schauen wir uns den Knirps mal an."

Alan setzte den kleinen Hund auf den Metalltisch und hielt ihn fest, denn Murphy war wild entschlossen, vom Tisch zu hopsen.

„Ich beiße dich", knurrte er bedrohlich und versuchte nach der Hand des Tierarztes zu schnappen, der ihn beruhigend streicheln wollte.

„Na, na. Das ist ja ein ganz Gefährlicher", grinste der Doktor. „Ich mache schon mal die Spritze fertig. Ich nehme auch extra eine ganz kleine Nadel."

Während Alan den kleinen Hund beruhigte, schlich sich der Tierarzt von hinten heran. Ehe Murphy etwas bemerkte, hatte er auch schon die nötige Impfe bekommen. Eigentlich piekte es nur ganz wenig. Wenn Jeany ihn manchmal kniff, tat ihm das viel mehr weh. Trotzdem jammerte er ein bisschen, denn schließlich hatte er eine gefährliche Spritze bekommen.

An diesem Morgen wachte Murphy auf und fühlte sich sonderbar. Schon gestern war er mit einem ganz neuen Gefühl eingeschlafen.

Einem unbeschreiblichen Gefühl, dass er bekommen hatte, nachdem ihm beim Gassi gehen ein besonderer und unbekannter Duft in die Nase gestiegen war. Prüfend hatte er die Nase tief ins Gras gesteckt und konzentriert eingeatmet. Am liebsten wäre er ewig stehen geblieben und hätte den Geruch inhaliert, aber das Frauchen war wieder einmal ungeduldig geworden und hatte ihn unbarmherzig weitergezogen, obwohl er versuchte hatte, stehen zu bleiben und weiter zu schnüffeln.

Jeany hatte nur die Nase gerümpft und „Jungspund" gemurmelt.

Traurig hatte Murphy den Kopf hängen lassen und war dem Frauchen und Jeany gefolgt. Sie schienen ihn einfach nicht zu verstehen.

Heute früh war ihm der verwirrende Duft sofort wieder eingefallen. Er hoffte, dass er während der morgendlichen Gassi Runde die Gelegenheit bekommen würde, die interessante Spur weiter zu verfolgen.

Wirklich ging Frauchen mit ihm und Jeany in die gleiche Richtung wie am Vortag. Das freute ihn sehr. Vor Erwartung zitternd steckte er seine Nase wieder ganz tief ins hohe Gras.

Tatsächlich – der Duft war sogar noch stärker als am Vortag. Genießerisch schnüffelte er, konnte sich gar nicht sattriechen.

„Was ist denn nur los mit dir. Du bist doch sonst nicht so langsam", ertönte Frauchens Stimme. Das klang ein wenig ungeduldig, und sie ruckte sanft an der Leine. „Selbst Jeany ist heute schneller als du."

Murphy ignorierte sie. Er tat einfach so, als würde er nicht bemerken, dass Frauchen weitergehen wollte.

Jeany gesellte sich zu ihm und schnüffelte auch an der Stelle, die ihn magisch anzog. Schnell hob sie wieder den Kopf und rümpfte die Nase.

„Puh, wie das riecht", sagte sie verächtlich. „Ich hätte nicht gedacht, dass dich so etwas oder besser so jemand interessiert. Das ist ja mal wieder typisch. Keinen Stammbaum haben, aber jeder Hündin hinterhersteigen."

Interessiert hob Murphy den Kopf. „Hündin?", fragte er.

„Jetzt tu mal nicht so! Ihr Rüden seid doch alle gleich. Kaum merkt ihr, dass eine von uns paarungsbereit ist, dreht ihr durch."

Das Frauchen verhinderte jede weitere Aufklärung. Es drängte darauf weiterzugehen und ließ Murphy keine Zeit nachzufragen.

Doch was Jeany gesagt hatte, ließ ihm keine Ruhe. Zu Hause angekommen, setzte er sich gleich neben sie.

„Wie meinst du das: Weibchen und

paarungsbereit?", fragte er wissbegierig.

Jeany maß ihn mit einem vernichtenden Blick. „Stell dich nicht dümmer, als du bist. Das muss ich dir ja wohl nicht auch noch erklären."

„Hm", Murphy ließ nicht locker. „Du bist doch auch ein Weibchen. Bist du auch manchmal paarungsbereit? Vielleicht sogar jetzt?"

„Nein!"

„Und wenn ich sehr nett zu dir bin?"

„Nein!!!"

„Ich könnte dir ein paar Schuhe holen, auf denen du herumkauen kannst oder vielleicht möchtest du meinen Kauknochen haben …"

„NEIN!!!"

„Aber …"

„Es gibt kein Aber, hörst du", knurrte Jeany empört. „Ich habe schon mehr als 15 Sommer und Winter hinter mir, wie du ja weißt. In meinem Alter will man mit derlei nichts mehr zu tun haben. Als ich jünger war, bin ich ab und zu in Versuchung gewesen, das muss ich zugeben. Aber ich hätte mich niemals mit einem dahergelaufenen, stammbaumlosen Rüden eingelassen." Sie rümpfte auf ihre unnachahmliche Art die Nase. „Ein wenig Stil muss sein, auch wenn man paarungsbereit ist."

„Und hast du jemals …", fragte Murphy neugierig.

„Nein", unterbrach ihn die Hündin empört. „Es hat sich nicht ergeben. Übrigens verliert sich das, wenn man älter wird. Deshalb lass mich bloß damit in Ruhe. Überhaupt will ich nicht mehr von den Verwirrungen der Jugend reden. Aus – basta – Schluss." Zur Bestärkung drehte sie Murphy den Rücken zu und stakste in ihr Körbchen.

Frustriert seufzte der kleine Rüde. Bei Jeany würde er nicht weiterkommen, jedenfalls nicht im Moment. Vorsichtige pirschte er sich noch einmal an sie heran und versuchte, an ihr zu schnüffeln, um ganz sicher zu sein, dass sie ihre Meinung nicht ändern würde.

Ein drohendes Grollen ließ ihn innehalten. „Schleich dich, sonst kannst du was erleben", knurrte die Hündin.

Aber das hätte sie gar nicht sagen müssen, denn Murphy hatte es geschafft, ihren Geruch in die Nase zu bekommen und der war nicht verlockend und betörend, sondern einfach Jeany.

In den nächsten Tagen versuchte Murphy immer wieder einmal sein Glück bei Jeany. Aber sie ließ ihn jedes Mal gnadenlos abblitzen.

Leider bekam er die unbekannte Schöne, welche die betörende Duftnote an Wegesrand hinterließ nie zu Gesicht. Auch zeigte sich sein Frauchen wenig einsichtig. Kaum hatte er seine Nase tief im Gras vergraben, um den Geruch zu inhalieren, drängte es schon weiter. Eine tiefe Traurigkeit überkam ihn, so dass er sich eines Nachts vor die Ausgangstür setzte und seiner Melancholie freien Lauf ließ.

„Oh nein, jetzt drehst du wohl total durch, was", giftete Jeany ihn an.

Murphy schluchzte auf. „Ich weiß auch nicht was los ist." Und schon wieder heulte er los.

Sein lautes Jaulen rief Alan und Alice auf den Plan. „Du meine Güte. Er scheint heftige Schmerzen zu haben", rief Alan erschrocken aus. „Wo kriegen wir mitten in der Nacht einen Tierarzt her?"

Alice lachte laut auf. „Es kann ja sein, dass er Schmerzen hat, aber die wird kein Tierarzt heilen können, mein Lieber. Der Hund ist nämlich verliebt." Sie besah sich die Haustür genauer und jetzt lachte sie nicht mehr. Im Gegenteil zog sie verärgert die Augenbrauen hoch. „Das darf doch nicht wahr sein! Er hat tatsächlich vor die Tür gepinkelt! Verdammt noch einmal, Murphy!"

„Jetzt kriegst du bestimmt mächtigen Ärger!" Dieser Einwurf kam von Jeany, die den liebeskranken Murphy höhnisch musterte.

Der zog den Schwanz ein, denn so böse sprach das Frauchen selten mit ihm.

Alan legte seiner Frau den Arm um die Schulter. „Da habe ich wohl was nicht mitbekommen. Reg dich nicht auf, Schatz, wir Rüden leiden eben manchmal ganz arg, wenn wir verliebt sind."

Alice schnaufte durch die Nase. „Aber

nicht jeder verliebte Rüde pinkelt vor die Tür", über diesen Satz musste sie selbst lachen, was Murphy aufatmen ließ. Scheinbar war das Frauchen doch nicht so böse auf ihn.

„Geh du mal schon ins Bett. Ich kümmere mich um die Tür und um unseren Casanova", grinste Alan. Er bückte sich und kraulte Murphy hinter dem Ohr. „Ich verstehe dich, Kumpel", sagte er. „Wir haben es eben nicht immer leicht mit den Weibchen."

Murphy litt noch ein paar Tage, doch schließlich war der besondere Duft verschwunden und er verwandelte sich schnell wieder in einen unkomplizierten Jungdackel.

An einem Samstagvormittag schienen Alan und Alice etwas Besonderes vor zu haben. Sie wuselten durchs Haus und verbreiteten Unruhe.

„Kann es endlich losgehen?", fragte Alan. „Wenn wir so spät losfahren, ist wieder alles besetzt und wir können stundenlang nach einem Parkplatz suchen. Dann können wir den entspannten Einkaufsbummel vergessen."

Alice schaute ihn genervt an. Irgendwie erinnerte sie Murphy an Jeany, wenn sie sauer auf ihn war. „Hetz mich nicht, mein Lieber. Sonst vergesse ich nachher noch etwas Wichtiges." Sie beugte sich zu Murphy hinunter. „Du und Jeany passt mir schön aufs Haus auf, während wir weg sind."

Schließlich hatten sich Alan und Alice auf den Weg gemacht.

„Du meine Güte, was für ein Theater", brummelte Jeany und reckte sich ausgiebig in ihrem Körbchen. Dann zupfte sie sich ihre Decke zurecht. „Nach der Aufregung muss ich erst einmal eine Runde schlafen."

Murphy war es gar nicht nach Schlafen zumute. Unternehmungslustig streifte er durch das Haus.

Zu seinem Erstaunen bemerkte er, dass die Wohnzimmertür nur angelehnt war. In der Regel war gerade diese Tür geschlossen, wenn die Hunde länger allein im Haus waren.

Hm – die Gelegenheit war günstig, der Raum musste genauestens inspiziert werden. Murphy drückte die Tür mit der Schnauze auf und lugte ins Zimmer. Auf den ersten Blick sah alles aus wie immer.

Zögernd machte er ein paar Schritte, stand jetzt vor dem Sofa. Das sah wie immer herrlich bequem aus. Mit einem Hopser hatte Murphy das Teil geentert und machte es sich bequem. Alle Viere von sich gestreckt räkelte er sich genüsslich.

Doch was war das? Ein Aroma kitzelte seine Nase. Er schnüffelte. Das roch nach purem, süßem Genuss. Murphy lief das Wasser im Mund zusammen. Schon stand er auf allen Vieren und eruierte, woher dieser Wohlgeruch kam. Bald hatte er herausgefunden, dass es eine Schale mit kleinen roten Dingern war, die ihn unwiderstehlich anzog. Während er sich mit den Vorderpfoten am Tisch abstützte, wühle er sich mit seiner Nase hinein und atmete hörbar.

„Das ist verboten, glaube ich", ließ sich Jeany vernehmen, die ihm unbemerkt gefolgt war.

Murphy hob den Kopf. „Wenn es verboten wäre, dann würden sie das Zeug hier nicht herumstehen lassen."

Vorsichtig nahm er eins der Teile in den Mund, biss zu und kaute verzückt. „Es ist etwas darin und das schmeckt sehr lecker", stellte er fest. „Allerdings schmeckt das, was drum herum ist nicht so besonders und es lässt sich nur mit Mühe runterschlucken. Probier' doch auch mal", forderte er Jeany auf, während er versuchte, die nächste Praline aus ihrer Verpackung zu schälen, was ihm einige Mühe bereitete.

„Ich weiß nicht. Nachher dürfen wir das nicht und kriegen Ärger", antworte Jeany ihm zögernd, Allerdings lief ihr das Wasser im Mund zusammen. Sie fing an zu sabbern, denn auch sie fand das Aroma der Pralinen ausgesprochen appetitanregend.

„Was soll's", mit diesen Worten kletterte sie erst mühsam aufs Sofa und dann auf den Tisch.

Bald schmatzte beide Hunde im Duett. Wobei Murphy sich nicht sonderlich Mühe gab, die Pralinen aus der Folie zu bekommen, sondern diese gleich mitaß.

Bald war der ganze Tisch von Papierschnipseln übersät und verklebt, denn in der Schale befanden sich verpackte

Schokoladenpralinen, die jeweils mit einer Kirsche und mit Weinbrand gefüllt waren.

Nach einiger Zeit wurde es Jeany ganz merkwürdig zumute.

„Ich glaube, ich muss mich jetzt ins Körbchen legen, irgendwie dreht sich alles", nuschelte sie und torkelte vom Tisch. Um ein Haar wäre sie auf den Boden gestürzt, fing sich aber im letzten Augenblick.

Auch Murphy fühlte sich ziemlich angeschlagen, deshalb folgte er der Dackeldame, ließ sich neben sie ins Körbchen plumpsen und schlief sofort ein.

Als Alan und Alice nach Hause kamen, bot sich ihnen ein erschreckendes Bild.

Während Murphy in seinem Körbchen auf dem Rücken lag und lauthals schnarchte, saß Jeany mitten im Korridor und schien Mühe zu haben, die Balance zu halten. Ihr linker Mundwinkel hing seltsam herunter, vom linken Auge war nur ein Schlitz zu sehen.

„Was ist denn jetzt los?" Erschrocken beugte sich Alice zu ihr hinunter.

Jeany, die genau wie Murphy sturzbetrunken war gab einen Quiekton von sich und fiel um.

„Schatz, ich glaube der Hund hat einen Schlaganfall. Wir müssen sofort mit ihm zum Tierarzt. Vielleicht ist er noch zu retten", rief Alice in heller Panik.

„Du hast Recht! ich packe den Hund in seine Decke und wir fahren sofort los", antwortete Alan alarmiert.

Beim Tierarzt angekommen hob Jeany den brummenden Schädel, ließ ihn aber direkt wieder sinken. Sonst hatte sie immer ein ungutes Gefühl, wenn es in die Praxis ging. Heute war es ihr total egal. Sie zuckte nicht einmal, als der Tierarzt sie gründlich untersuchte. Anschließend wandte er sich an Alan und Alice.

„Dieser Hund hat keinen Schlaganfall", stellte er fest. „Ich vermute etwas ganz anderes. Hat Ihr Hund Zugang zu Alkohol gehabt?"

„Ähm, ich verstehe nicht", stammelte Alice verblüfft.

„Nun ja, Ihr Dackel ist sternhagelvoll, nebenbei bemerkt hat er eine mächtige Alkoholfahne. Sie sollten ihn sich richtig ausschlafen lassen. Dann ist er morgen so gut wie neu."

Alan schüttelte den Kopf. „Das kann ich mir nicht vorstellen, woher sollen die Dackel denn den Alkohol haben? Obwohl - Murphy liegt ganz merkwürdig verdreht in seinem Körbchen und schnarcht, dass die Wände wackeln. Möglicherweise ist er auch betrunken."

Der Tierarzt nickte. „Murphy ist jünger als Jeany, sein Körper kann den Alkohol besser verarbeiten. Während er einfach eingeschlafen ist, hat die Hündin schon ihre Probleme damit. Es kann natürlich auch sein, dass sie einfach mehr getrunken hat. Jedenfalls ist dieser Hund nicht krank, er muss nur seinen Rausch ausschlafen."

Wieder zu Hause angekommen legte Alan Jeany sacht in ihr Körbchen. Murphy, der immer noch dort lag, wachte auf, blinzelte, hob kurz den Kopf, ließ ihn aber schnell wieder sinken, weil ihm immer noch schwindelig war.

„Recht geschieht dir, du oller Säufer", schimpfte Alice ihn aus. „Was habt ihr beide nur angestellt!"

Murphy seufzte und nahm sich vor, in Zukunft nie wieder von diesen kleinen Schokoladendingern zu naschen, egal wie gut sie rochen!

Heute regnete es in Strömen, deshalb hatten weder Hunde noch Frauchen Lust, sich lange im Freien aufzuhalten. Schnell erledigte Murphy sein Geschäft. Dann wartete er ungeduldig auf Jeany, die in letzter Zeit überhaupt nicht mehr schnell lief und trotzdem immer aus der Puste war. Wieder zu Hause angekommen und trockengerubbelt schaute Murphy sich unternehmungslustig um.

Alan war schon am frühen Morgen zur Arbeit gefahren, er würde erst spät am Nachmittag zurückkommen. Alice reagierte auf seine Aufforderung zum Spiel mit einem genervten Blick. Doch so schnell gab der Dackel nicht auf. Immer wieder legte er ihr seinen Ball vor die Füße.

„Hey, jetzt ist aber Schluss. Ich muss wirklich etwas tun", mit diesen Worten schoss sie den Ball kurz entschlossen unter den Korridorschrank. Eine Weile beschäftigte Murphy sich damit, mit

Anlauf unter den Schrank zu springen, um seinen Lieblingsball wiederzuholen. Doch nachdem er sich ein paar Mal kräftig den Kopf gestoßen hatte, gab er es auf.

Vielleicht konnte er Jeany überreden mit ihm zusammen an seinem Schmusetuch zu zerren? Entschlossen schleppte er das Tuch bis zu ihrem Körbchen.

"Komm schon, sei nicht so langweilig." Er schüttelte das Tuch kräftig hin und her.

„Na gut, du gibst sonst sowieso keine Ruhe", Jeany stakste steifbeinig aus ihrem Korb und nahm eine Ecke des Tuches ins Maul, um kräftig daran zu ziehen. Begeisternd knurrend zog auch Murphy an dem Tuch, das zu zerreißen drohte. So ging es eine Weile hin und her, einmal zog Jeany kräftiger in ihre Richtung, dann war Murphy stärker. Plötzlich ließ die Dackeldame das Tuch los und taumelte zu ihrem Körbchen.

„Hey, hast du keine Lust mehr?", wollte Murphy rufen, doch so weit kam er nicht, denn Jeany fiel japsend in ihren Korb und zitterte am ganzen Leib.

„Lass mich", würgte sie heraus und rang nach Luft. Besorgt schnüffelte Murphy an ihr, leckte ihr behutsam über die Nase. Zum Glück schaute gerade jetzt Alice um die Ecke.

„Na, seid ihr schon fertig mit eurem Spiel", fragte sie, um gleich darauf besorg die Augenbrauen zu runzeln. „Jeany, was ist denn jetzt los?"

Die alte Dackeldame versuchte aufzustehen, fiel aber sofort wieder um. Das Frauchen überlegte gar nicht lange. Es klemmte sich das immer noch nach Luft ringende Tier unter den Arm und verließ schnell das Haus.

„**Du kannst ja nichts dazu**, ich bin eben nicht mehr die Jüngste."

Wieder einmal war die alte Dackeldame damit beschäftigt, sich die Pfoten sauber zu lecken. Murphy schaute ihr besorgt zu. Es hatte ihn sehr erschreckt, dass Jeany beim Spielen keine Luft mehr bekommen hatte und zusammengebrochen war.

Gott sei Dank war Alice sofort mit ihr zum Tierarzt gefahren. Der hatte ihr eine Spritze gegeben und bedenklich mit dem Kopf geschüttelt. „Ihr Hund ist eben schon sehr alt, damit müssen sie sich abfinden", hatte er gesagt. "Irgendwann werde ich ihm nicht mehr helfen können."

Doch zunächst einmal bekam Jeany Tabletten und es ging ihr besser. Trotzdem war sie in den letzten Monaten zusehends gealtert: Sie sah nicht mehr gut und auch ihr Gehör ließ zu wünschen übrig.

„Aber ich hätte dich in Ruhe lassen sollen, dann wäre das alles nicht passiert", nuschelte Murphy kleinlaut.

„Was? Die Schuhe hast du auch schon wieder angekaut? Und was ist passiert?"

Jeany hörte wirklich von Tag zu Tag schlechter. Murphy gab es auf und ließ sie in Ruhe ihre Pfoten reinigen.

Überhaupt wurde es Zeit, draußen nach dem Rechten zu sehen. Erwartungsvoll mit dem Schwanz wedelnd stellte sich der Dackelrüde vor die Terrassentür.

Plötzlich strich ein Schatten über die Terrasse und verschwand im Gebüsch. Murphy bellte laut, um sein Rudel auf den Eindringling aufmerksam zu machen.

Da war der Schatten schon wieder! Murphy sprang aufgeregt mit beiden Vorderpfoten vor die Tür.

„Was ist los, Partner? Hast du draußen etwas gesehen?" Alan öffnete mit einem Ruck die Terrassentür und Murphy stürzte sich an ihm vorbei in das Gebüsch, in dem der Eindringling verschwunden war. Alan folgte ihm langsam, den eifrig schnüffelnden Hund erstaunt musternd.

Indessen suchte Murphy das seltsam riechende Gebüsch ab, ohne fündig zu werden.

So folgte er der merkwürdigen Duftspur quer durch den Garten. Im hintersten Winkel erspähte er eine kleine zusammengekauerte Gestalt, auf die er laut bellend zusprang.

Alan stoppte ihn mit einem lauten „Aus", dem Murphy widerwillig gehorchte.

Vorsichtig hob Alan ein kleines zappelndes und seltsam maunzende Laute ausstoßendes Bündel vom Boden auf. Murphy sprang eifrig an Alans Bein hoch, um besser sehen zu können, doch der ließ sich dadurch nicht beirren. Er ging, das kleine zappelnde Ding vorsichtig im Arm haltend zurück ins Wohnzimmer.

„Schau Alice", rief er laut. „Murphy hat jemanden gefunden."

Frauchen warf einen Blick darauf und fing an laut zu gurren: „Och, ist die süß." Vorsichtig strich sie über das grau getigerte Fell. „Meinst du sie gehört zu jemandem? Sie ist noch so klein."

„Ja, höchstens acht Wochen alt. Ich glaube sie ist ausgesetzt worden", antwortete Alan nachdenklich.

Misstrauisch musterte Murphy die Fundsache. Er sah ein kleines, graues Lebewesen mit vier winzigen Pfoten, zwei spitzen Ohren und riesigen Schnurrbarthaaren. Es schaute aus großen, grünen Augen ängstlich um sich.

Jeany, die von dem Radau angelockt worden war, schnüffelte kurz, rümpfte die Nase und seufzte dann tief.

„Das fehlt auch noch", krächzte sie. „Eine Katze im Haus!"

Sie wandte sich würdevoll ab und humpelte in Richtung ihres Körbchens davon.

„Dass ich das auf meine alten Tage noch erleben muss ... eine Katze im Haus", murmelte sie dabei.

Die kleine Katze wurde wirklich nirgends vermisst. So beschlossen Alice und Alan ihr ein Heim zu geben und tauften sie auf den Namen Lisa.

Nachdem das Kätzchen sich von seinem Schock erholt hatte, lebte es sich schnell ein. Es bekam einen Katzenkorb, der ans Fenster gestellt wurde. Dort hatte es seinen Lieblingsplatz. Es legte sich mit Vorliebe auf die obere Plattform es Korbs und beobachtete stundenlang die Vögel im Garten.

Lisa unternahm ausgedehnte Streifzüge durch die Umgebung, doch genauso gern machte sie es sich auf dem Sofa bequem. Murphy mochte es, dort mit ihr zusammen zu liegen, schließlich hatte er sie gefunden und musste jetzt auf sie aufpassen. Zudem gehörte sie einfach zum Rudel.

Jeany dagegen hasste die Kleine aus ganzem Herzen und versuchte bei jeder Gelegenheit nach ihr zu schnappen. „Als ich noch jung war, hat mir eine solche Katze die Nase blutig gekratzt", begründete sie ihre Abneigung. „Man kann diesen komischen Schleichern nicht trauen, mein Junge. Wenn sie dich kratzen wollen, dann wedeln sie mit dem Schwanz und das ist sehr hinterlistig!!! Sei lieber vorsichtig!"

Murphy scherte sich wenig um Jeanys' Ratschläge. Er schloss Freundschaft mit der kleinen Katze, die sich oft bei ihm beschwerte.

„Diese griesgrämige alte Grummeldackelfrau will mich immer nur piesacken. Kaum nehme ich mal einen Happen aus ihrem Futternapf, so stürzt sie sich schon auf mich und will mir an dem Kragen. Gut, dass sie nicht mehr so schnell laufen kann und gucken kann sie auch nicht vernünftig. Sie beißt immer daneben."

„Sei nicht so, Jeany ist ja auch schon uralt. Übrigens hat sie manchmal ziemlich dolle Rückenschmerzen und ist deshalb schlecht gelaunt. Was meinst du, wie oft ich beim Gassi gehen auf sie warten muss", versuchte Murphy die Wogen zu glätten. „Sie hat oft genug auch nach mir geschnappt, aber sie meint das nicht so. Übrigens hat sie kaum noch Zähne, also kann sie dich höchstens kneifen, das tut gar nicht weh."

Trotz aller Vermittlungsversuche gerieten Jeany und Lisa oft aneinander, denn sie konnten sich einfach nicht riechen.

Lisa wuchs schnell heran, war bald nicht viel kleiner als Murphy und Jeany. Sie entdeckte ein neues Spiel:
In einem unbeachteten Augenblick schlich sie sich häufig von hinten an die alte Dackeldame heran, klopfte ihr spielerisch mit der Pfote auf den Kopf. Jeany, die nicht mehr richtig sehen konnte und die Katze auch nicht gehört hatte, erschrak sich dann fürchterlich. Sie versuchte sich mit einem lauten

Knurren auf den Störenfried zu stürzen. Doch der hatte sich schon längst auf dem Katzenkorb in Sicherheit gebracht. Von dort aus schaute Lisa in aller Seelenruhe zu, wie die alte Dackeldame hektisch hin und her lief, um sie zu finden. Auf die Idee nach oben zu gucken kam Jeany niemals. Nach einer Weile gab sie ihre Suche frustriert auf.

Doch bevor sie sich wieder in ihr Körbchen legte knurrte sie jedes Mal:

„Das warst doch bestimmt du. Wenn ich dich erwische, du mieser Schleicher…"

Heute war Lisa den ganzen Vormittag unterwegs gewesen. Jetzt kletterte sie vom Nachbargrundstück aus über den hohen Sichtschutz. Oben angekommen setzte sie sich einen Augenblick auf die Kante.

„Mphurpy, ipf abe was für dch", rief sie von oben herab.

Neugierig sprang Murphy näher. „Ein Geschenk? Für mich?"

„Hmm, ewa schum essen…" Lisa kletterte den Zaun hinunter und ließ ihr Geschenk vor Murphy auf die Erde plumpsen.

„Eine Maus", rief Murphy beeindruckt aus, doch seine Begeisterung kühlte schnell ab, denn Alice trat näher und betrachtete sein Geschenk angewidert.

„Ihh, was ist das ekelig", kreischte sie laut. „Murphy, aus! Weg hier!"

Das ließ sich Murphy nicht zweimal sagen, er schnappte sich die Maus und wuselte, gefolgt von Lisa, ins Gebüsch.

„Was die wieder hat", wisperte die

Katze. „Immerzu stellt sie sich an, wenn ich Geschenke mitbringe. Letztens habe ich einen gerupften Vogel in den Keller gelegt, das hat ihr überhaupt nicht gepasst. Sie ist eine undankbare Person, das musst ich wirklich sagen."

Murphy nickte zustimmend. „Ich glaube, wir essen die Maus lieber gleich auf, dann sieht Frauchen sie nicht mehr und hört auf herum zu kreischen."

So teilten sich Hund und Katze die Maus brüderlich, während Alice vergeblich versuchte, ins Gebüsch zu kommen, um ihnen ihre Beute zu entreißen.

Nach einer Weile wagte sich Murphy wieder auf die Terrasse, während die Katze sich über den Zaun davonschlich. Das Frauchen schaute ihn böse an. „Na, du Mäusetöter, traust du dich wieder her? Schäm dich. Hoffentlich bekommt dir deine Mahlzeit nicht."

Jeany, die es sich mit der Schnauze auf Alices Füßen in der Sonne bequem gemacht hatte, hob kurz den Kopf.

„Pöh, ein Geschenk von dem hinterlistigen Schleicher. Wenn das mal gut geht."

Murphy öffnete den Mund um zu antworten, aber er klappte ihn gleich wieder zu, denn in seinem Bauch fing es an, ganz fürchterlich zu grummeln. Schnell krabbelte er zurück ins Gebüsch, wo er den Nachmittag damit verbrachte, sein Bauchgrimmen und Jeanys hämische Bemerkungen zu ertragen.

Niemals wieder würde er eine Maus essen, das nahm er sich ganz fest vor.

Der Dackeldame ging es von Tag zu Tag schlechter. Meist schaffte sie es gerade einmal in den Garten, wo sie ihr Geschäft verrichtete, um sich schnell wieder in ihr Körbchen zu verziehen.

Alice schaute dann traurig auf das sich vorwärts quälende Tier und wischte sich verstohlen über die Augen.

Murphy hatte es schon lange aufgegeben, Jeany zum Spielen aufzufordern. Sie schaute ihn doch nur müde an und würdigte ihn meist keiner Antwort. Selbst Lisa, das Kätzchen, ärgerte die alte Dackeldame nicht mehr so oft.

Heute schien es Jeany nach langer Zeit wieder einmal gut zu gehen. Sie wedelte mit dem Schwanz und wuselte wie in ihren besten Tagen um Murphy und Alice herum, als diese sich aufmachten, um die tägliche Runde zu drehen.

„Oh, Jeany, willst du uns begleiten?", rief Alice erfreut aus.

Auch Murphy stupste die alte Dame aufmunternd an. „Wir gehen auch gar nicht weit und ganz langsam. Schön, dass du mitkommst."

„Sicher habe ich Zeit. Aber wer kommt noch mit? Doch nicht etwas die Schleicherkatze?", brummelte Jeany. Ihr Gehör ließ wirklich zu wünschen übrig.

Ausgelassen tobte Murphy über die Hundewiese im Park. Heute war wirklich ein schöner Tag; die Sonne schien, es roch wunderbar nach Frühling. Jeany stakste über die Wiese, schnupperte hier und dort an dem ersten zarten Grün und sog den Duft genießerisch ein.

Viel zu schnell rief das Frauchen die Hunde wieder zu sich: „Es geht zurück. Murphy, Jeany, los jetzt."

Widerwillig folgte der Dackeljunge und auch Jeany schloss sich ihnen an. „Gehen wir schon zurück? Moment, ich komme ja", keuchte sie atemlos und bemühte sich, um hinterher zu kommen. Plötzlich verdrehte sie die Augen und fiel wie leblos auf die Seite.

„Um Gottes Willen, Jeany!" Alice eilte zu dem reglosen daliegenden Tier. Auch Murphy war ganz erschrocken und stupste die alte Dackeldame vorsichtig mit der Nase an. Langsam kam Jeany wieder zu sich. Sie versuchte sich aufzurichten, fiel aber gleich wieder um.

„Warte, ich trage dich nach Hause", flüsterte Alice mit einer merkwürdig klingenden Stimme. Sie nahm das Tier vorsichtig auf den Arm, Murphy folgte den beiden.

Zu Hause angekommen, legte sie den alten Hund in sein Körbchen und telefonierte lange. Murphy, der nicht so genau wusste, was er machen sollt, legte seinen Kopf auf den Rand des Körbchens und seufzte laut. Bald gesellte sich das Frauchen zu den Hunden, streichelte Jeany sanft über den Kopf und schnaufte merkwürdig.

„Tja, altes Mädchen, wir werden uns wohl gleich auf deinen letzten Gang machen. Keine Sorge, ich werde dich nicht allein lassen." Alica schien nichts weiter sagen zu wollen, sondern schnaufte und schniefte weiter vor sich hin, während sie die alte Dackeldame streichelte.

Jeany hob müde den Kopf, um ihn gleich wieder sinken zu lassen. Sie schien, im Gegensatz zu Murphy, verstanden zu haben, was das Frauchen sagen wollte.

So blieben die Drei eine ganze Weile zusammen sitzen, bis Alice entschlossen aufstand. Wortlos nahm sie Jeany mitsamt ihrer Lieblingsdecke auf den Arm und verließ das Haus.

Murphy war ratlos. Sonst ging das Frauchen nie so einfach weg, ohne ihn wenigstens noch einmal zu streicheln. Er kam sich ganz furchtbar allein vor und suchte nach Lisa, dem Kätzchen.

Doch das war nirgends zu finden. Wahrscheinlich hatte es sich wieder einmal auf die Mäusejagd begeben.

Rastlos lief der Dackeljunge von einem Zimmer in das andere. Wenn er auch nicht so richtig verstand, was vor sich ging, so erkannte er doch, dass etwas Schlimmes passieren würde oder schon passiert war. Schließlich legte er sich in Jeanys Körbchen und ließ traurig den Kopf hängen.

Es war schon spät, als Alan nach Hause kam.

„Hallo, Partner", begrüßte er den kleinen Hund. „Was ist denn hier los? Wo sind bloß unsere Mädchen geblieben?" Murphy war froh, nicht mehr allein zu sein und wuselte eifrig um Alans Füße herum.

„Ist ja gut", beruhigte der den aufgeregten Hund. „Bestimmt sind Frauchen und Jeany gleich wieder hier."

Doch es dauerte noch eine ganze Weile, bis Alice nach Hause kam. Sie war allein, von Jeany fehlte jede Spur. Alan sah sie erschrocken an, denn sie schnaufte und schniefte immer noch ganz komisch.

„Schatz, was ist denn passiert?" Alan nahm seine Frau in die Arme.

„Ach Alan, ich komme gerade vom Tierarzt. Er hat uns ja schon vor einer ganzen Weile gesagt, dass es jeder Zeit mit Jeany zu Ende gehen könnte. Und heute …", sie sprach nicht mehr weiter. Wenn Murphy auch immer noch nicht so ganz begriff, was geschehen war, so verstand er doch, dass Jeany nicht mehr wiederkommen würde. Seine Menschen hatten sich zusammen auf das Sofa gesetzt und sprachen leise miteinander.

„Warum hast du denn nicht angerufen, ich wäre doch sofort nach Hause gekommen", hörte er Alan sagen.

Die Antwort kam undeutlich. „Ich wollte mit meinem Mädchen allein sein. Wir haben uns doch voneinander verabschieden müssen…"

Murphy hörte nicht mehr zu. Er rollte sich wieder in Jeanys Korb zusammen und legte traurig den Kopf auf die Vorderpfoten. So blieb er eine lange Zeit liegen, lauschte den undeutlichen Stimmen seiner Menschen und schlief schließlich, eingehüllt in Jeanys Geruch, ein.

Es war bereits dunkel, als er aufwachte. Neben sich fühlte er einen kuscheligen Körper. „Jeany", murmelte er schlaftrunken.

„Nö, ich bin's", antwortete ihm das Kätzchen. „Hier sind heute alle so traurig. Das ist wegen dem alten Grummeldackel, nicht wahr?"

Wieder seufzte Murphy abgrundtief. „Ja, Frauchen ist mit ihr weggegangen und jetzt kommt Jeany nicht mehr zurück."

„Schade, sie wird mir fehlen. Niemand ließ sich so schön ärgern wie sie." Lisa dachte eher praktisch. „Aber sei nicht traurig, du hast ja noch mich. Ich habe dir auch eine leckere Maus gefangen und im Gebüsch versteckt. Sonst quietscht das Frauchen wieder so unmelodisch."

Murphy hob unternehmungslustig den Kopf. „Ja dann wollen wir doch gleich mal raus gehen. Und vielleicht kommt die gute alte Jeany ja doch noch mal zurück zu uns …"

„Ja, eben. Und in der Zwischenzeit haben wir beide ein bisschen Spaß", mit diesen Worten sauste Lisa durch die Katzenklappe nach draußen und Murphy folgte ihr auf dem Fuß.

...und dann kam Emma...

„**Jetzt** hör schon auf immerzu nach ihr Ausschau zu halten. Jeany kommt bestimmt nicht mehr zurück. Spiel lieber mit mir." Vorwurfsvoll schaute das Kätzchen Lisa auf den unruhig hin und her laufenden Dackelrüden.

Der hielt ertappt inne und seufzte tief. „Ach, sie fehlt mir immer noch. Meinst du wirklich, dass sie nicht doch wieder auftaucht?"

„Jetzt hör' schon auf herumzujam-
mern", Lisa klopfte ihrem Hundekum-
pel freundlich mit der Tatze auf den
Kopf. „Du fängst mich niemals!"

Murphy schüttelte die trüben Gedanken ab und jagte der Katze hinterher.
„Das wollen wir mal sehen, aber wehe
du kletterst wieder auf einen Baum,
das gilt nicht."

„Mach ich gar nicht", Lisa war auf den
Zaun gesprungen und versuchte mit
der Pfote nach ihrem Freund zu angeln.
Aus dem oberen Stockwerk des Hauses
waren ungewohnt laute Geräusche zu
hören, was Murphy dazu veranlasste
mitten im Lauf stehen zu bleiben und
die Ohren zu spitzen. Wieder gab es ein
Riesengetöse von oben.

Der Dackel reagierte mit lautem Gebell,
denn schließlich gehörte es zu seinen
Aufgaben, Eindringlinge und unge-
wöhnliche Geräusche zu melden.

Das tat Murphy nur zu gerne. Jeden
Morgen meldete er lautstark zuerst die

Ankunft des Zeitungsboten und anschließend die des Briefträgers. Komisch, wenn der Zeitungsbote schon ganz früh am Morgen kam war das Herrchen gar nicht erfreut über Murphys Meldung. Diese Menschen reagierten wirklich oft unverständlich.

Sein Gebell rief Alice auf den Plan. „Aber Murphy, jetzt ist's gut. Das sind doch bloß die Kinder", beruhigend kraulte sie den Dackel hinter den Ohren.

Wirklich war Stefan, der Sohn von Herrchen und Frauchen, mit seiner Freundin Franzi im Obergeschoss eingezogen und nun fleißig dabei sich die Wohnung einzurichten. Das ging natürlich nicht ohne gelegentlichen Lärm.

„Du wirst dich wundern, wer noch oben einzieht", murmelte Alice vor sich hin, während sie wieder ins Haus ging. Hoffnungsvoll wandte sich Murphy seiner Freundin zu. „Was meinst du, ob Jeany wohl nach oben gegangen ist?"

Es dauerte gar nicht lange und Murphy konnte mit eigenen Augen sehen, wer gemeint war.

Eines Nachmittags klingelte es an der Tür. Stefan und Franzi standen freudestrahlend davor. Murphy begrüßte die Ankömmlinge freudig bellend, um verdutzt einen Schritt zurückzuweichen. Das konnte doch nicht wahr sein: Hinter den beiden schlich sich ein Vierbeiner in die Wohnung.

Stefan strahlte. „Darf ich vorstellen, das ist unser neues Familienmitglied."

„Ist er nicht süß?", fügte Franzi hinzu. Murphy musterte den Neuankömmling misstrauisch und schnüffelte prüfend. Dieser komische Hund roch nicht besonders gut. Zudem war er auch noch größer als der Dackel, rappeldürr und hatte fledermausartige, große Ohren.

„Wer bist du und was willst du?", knurrte Murphy.

„Ich bin Idefix und wohne seit heute bei Stefan und Franzi", gab das Großohr Auskunft. „Die beiden haben mich ausgesucht und sind jetzt meine Menschen. Wo ich vorher gewohnt habe, war es ganz schrecklich. Dort gab es zwei Doggen. Die haben mir immer das Futter weggefressen und mich gejagt. Vorher habe ich ganz weit weg gelebt, aber dort war es noch viel schlimmer."

Idefix war ein Jahr alt und in Spanien als wilder Hund geboren worden, wo er sich mehr schlecht als recht durchschlug. Schon bald ging er einem Hundefänger ins Netz. Tierschützer hatten ihn mit Müh und Not vor dem sicheren Tod gerettet und nach Deutschland gebracht. Hier war er erst in einer Pflegefamilie untergekommen, doch auch dort ging es ihm nicht besonders gut. Stefan und Franzi, die sein Bild im Internet gesehen hatten verliebten sich sofort in den Hund. Es gelang ihnen nach vielen Bemühungen, Idefix zu sich zu holen. Jetzt waren alle drei glücklich miteinander.

Wieder schnüffelte Murphy misstrauisch. „Ich kann dich aber nicht gut riechen", knurrte er nach einigem Zögern. „Damit du das gleich weißt: Ich bin hier der stellvertretende Rudelführer und Wächter. Du brauchst nicht zu glauben, dass du meinen Posten haben kannst."

„Och, das will ich gar nicht", antwortete Idefix friedlich. „Ich passe oben in unserer Wohnung auf und du machst das hier unten."

Murphy seufzte erleichtert auf. „Dann ist alles in Ordnung. Sag mal, hast du einen Stammbaum?"

Jeanys Erziehung schien doch Früchte getragen zu haben.

Idefix dachte einen Augenblick nach, wobei er abwechselnd mit den riesigen Ohren wackelte, was Murphy stark beeindruckte. „Eigentlich mache ich immer dort, wo ich gerade muss. Wieso fragst du? Hast du einen eigenen Pipibaum? Wenn du ihn mir zeigst, dann mache ich einem Bogen darum."

„Nö, ich meinte nur mal so…", das Langohr wurde Murphy etwas sympathischer. „Willst du etwas essen? Ich habe noch Futter übrig…"

Das ließ sich Idefix nicht zweimal sagen. Heißhungrig machte er sich über Murphys Futterreste her.

„Ich habe immer Hunger", erklärt er kauend, „wo ich herkomme gab es nie genug und jetzt esse ich was ich kriegen kann. Schließlich kann man nie wissen ob es morgen noch etwas gibt."

Später, als Idefix mit seinen Menschen gegangen war, hielten Murphy und die Katze Kriegsrat.

„Dieser große Kerl ist mir zu unbeholfen", stellte Lisa fest, wobei sie sich zierlich mit den angefeuchteten Pfoten über den Kopf fuhr. „Nachher tritt er noch aus Versehen auf mich. Ich werde mich einfach immer, wenn er da ist unter dem Sofa verstecken. So wie ich das heute gemacht habe."

Murphy reckte sich. „Ich werde dich schon beschützen, wenn es nötig ist. Aber ich glaube Idefix ist ganz harmlos."

„Das werden wir sehen. Jetzt muss ich mich weiter sauber machen." Mit diesem Worten sprang die Katze auf ihren Korb und begann mit einer gründlichen Katzenwäsche.

Murphy gewöhnte sich schnell an den neuen Hausgenossen. Wenn die beiden Rüden auch nicht die dicksten Freunde wurden, so vertrugen sie sich doch miteinander.

Die Katze ging Idefix wie angekündigt aus dem Weg, indem sie sich tatsächlich unter dem Sofa verkroch, wenn der große Hund in der Nähe war.

„Der ist immer so tollpatschig", beschwerte sie sich bei Murphy. „Er will mit mir spielen und rennt mich über den Haufen. Das macht wirklich keinen Spaß."

„So oft bringen Stefan und Franzi den großen Tollpatsch ja nicht mit", beruhigte Murphy die aufgebrachte Katze. „Wenn er doch mal dabei ist, dann bleibst du einfach in deiner Ecke sitzen."

Der Dackel warf sich in die Brust.

„Und wenn er dir noch mal weh tut, dann werde ich ihn beißen, egal wie groß er ist. Schließlich bin ich hier der stellvertretende Rudelführer."

Doch zunächst musste sich der Dackel einer anderen Herausforderung stellen. Auch sie hatte einen Namen und vier Pfoten.

Alles begann ganz harmlos:

Eines Nachmittags kam Alan früher als gewöhnlich nach Hause. Murphy witterte gleich, dass etwas in der Luft lag. Erwartungsvoll mit dem Schwanz wedelnd begrüßte er sein Herrchen, doch das beachtete ihn nicht, sondern nahm Alice in den Arm.

„Schatz, ich weiß genau, wie sehr du an Jeany gehangen hast und wie sehr sie dir immer noch fehlt. Deshalb habe ich mir ein ganz besonderes Geschenk für dich ausgedacht. Eigentlich solltest du es erst in ein paar Wochen, zu Weihnachten, bekommen, aber das geht einfach nicht. Du musst es dir jetzt schon aussuchen."

Anschließend wandte er sich dem aufgeregt herumschwänzelnden Dackel zu. „Und ich glaube, du solltest auch ein Wörtchen mitzureden haben, Partner."

Ohne auf Alices neugierige Fragen einzugehen fuhr Alan mit ihr und Murphy zu einem großen Gehöft, wo sie schon von einer freundlichen Frau erwartet und in ein Zimmer geführt wurden. Murphy glaubte seinen Augen nicht zu trauen, denn hier wimmelte es nur so durcheinander. Er schnupperte prüfend – tatsächlich da purzelten lauter kleine Dackelmädchen über und untereinander her.

Wieder nahm Alan seine völlig überwältigte Frau in den Arm. „Bestimmt hast du es dir schon gedacht. Wir sind hier bei einem Hundezüchter, der sich auf die Dackelzucht spezialisiert hat. Ich habe eine kleine Vorauswahl getroffen, das sind sechs ganz entzückende Welpen, alles Mädchen. Magst du eines aussuchen, oder sollen wir uns noch einmal umschauen?"

Alice ging in die Hocke. Sie blickte verzückt auf das Dackelgewimmel.

Murphy kam nicht mehr dazu, sich um seine Menschen zu kümmern, denn eines der vorwitzigen Welpen stürzte sich auf ihn und versuchte ihn mit seinen kleinen spitzen Zähnen ins Ohr zu zwicken.

„Aua, lass das sein", jaulte der Rüde auf, doch es kam noch schlimmer. Ein anderes Hundemädchen biss sich in seinem Schwanz fest, während zwei weitere auf ihn zu tapsten und ihn zum Spielen aufforderten. Murphy hatte alle Pfoten voll damit zu tun, nicht von ihnen überrannt zu werden und die vorwitzigen Zwicker abzuschütteln. Doch kaum war er einen Plagegeist los, so stürzte sich schon der nächste auf ihn.

Inzwischen nahm Alice ein besonders schüchternes Hundekind auf den Arm, das in einer Ecke saß und sie aus seinen Mandelaugen treuherzig anblinzelte.

„Die wollen sie doch bestimmt nicht haben, oder?", sagte die resolute Züchterin. „Sie ist schon beinahe zwölf Wochen alt. Wenn sie genau hinschauen, dann sehen sie, dass ihr am rechten

Ohr ein Stück fehlt. Das hat ihr die Mutter nach der Geburt abgebissen, ehe ich es verhindern konnte."

„Oh, du Armes!", wisperte Alice, während sich das Hundekind in ihren Arm kuschelte. „Ich glaube wir müssen gar nicht weiter schauen, ich habe meinen Hund gefunden. Einen Namen habe ich auch schon für ihn."

„Wenn das so ist, dann mache ich ihnen einen Sonderpreis. Übrigens: Der Hund heißt offiziell Silke von der Hirschweide." Die Züchterin schien erleichtert zu sein, das Hündchen los zu werden.

Später, auf dem Heimweg, grinste Alan seine Frau spitzbübisch an. „Als die Züchterin gesagt hat: Den Hund möchten sie doch bestimmt nicht haben wusste ich, dass wir ein neues Familienmitglied bekommen."

Alice grinste zurück. „Die Geschichte mit dem abgebissenen Ohr ist ja auch wirklich schlimm." Sie streichelte den kleinen Hund, der auf ihrem Schoß leise schnarchte. „Kleine Emma, ich werde auf dich aufpassen."

Emma hob kurz den Kopf, drehte sich auf die andere Seite und schnorchelte friedlich weiter.

Auch Murphy, der es sich auf dem Rücksitz bequem gemacht hatte, war vollauf zufrieden. Schließlich hatte das Frauchen ein ruhiges und schüchternes Mädchen ausgesucht, das ausgesprochen gut roch. Nicht auszudenken, wenn er in Zukunft auf eines der Frechdachse, die ihn in Atem gehalten hatten, hätte aufpassen müssen ...

Murphy verstand die Welt nicht mehr. Er und das Frauchen hatten mit Bedacht ein ruhiges und liebes Dackelmädchen ausgesucht, doch was war daraus geworden! Emma entpuppte sich als ein nimmermüder Irrwisch, der immer nur Unsinn im Sinn hatte, alle Erziehungsversuche an sich abprallen ließ und unglaublich frech war.

Zu Hause angekommen war die Kleine gleich in sein Körbchen gehopst und hatte es sich dort bequem gemacht.
„Hey, das gehört aber mir", knurrte Murphy empört. Doch Emma reagierte einfach nicht. Sie zupfte sich die Decke zurecht und schlief sofort ein.
Alice kraulte Murphy hinter den Ohren.
„Ich weiß, das ist eigentlich dein Körbchen, aber lass sie heute einmal darin schlafen, sonst jammert sie wohlmöglich die ganze Nacht hindurch."
Na gut, sollte die Kleine heute ausnahmsweise seinen Schlafplatz haben.

Murphy verzog sich auf den Teppich und nahm sich vor, ein ernstes Wörtchen mit dem Hundemädchen zu sprechen.

„Hör mal du", startete er gleich am nächsten Morgen den ersten Erziehungsversuch. „Du hast heute Nacht in meinem Körbchen geschlafen. Das geht aber nicht!"
Emma schaute ihn aufmerksam an. „Klar geht das. Warum auch nicht."
„Nun, weil der Schlafplatz mir gehört", erklärte Murphy ihr geduldig.
„Jetzt gehört er mir", meinte Emma energisch. „Aber wenn du dich nicht zu dick machst, erlaube ich dir, hier mit mir zu schlafen", fügte sie großzügig hinzu und gähnte herzhaft. „Übrigens ist gleich da hinten noch ein Körbchen. Das kannst du ja auch nehmen."
So viel Frechheit verschlug dem Murphy erst einmal die Sprache. Er schaute verwundert dem neuen Familienmit-

glied zu, das interessiert seine Umgebung erkundete.

„Oh, das ist auch eine schöne Schlafhöhle", japste Emma entzückt und stürzte sich in den Katzenkorb.

Es fauchte und rumpelte, dann sprang Lisa, die gerade ein Nickerchen gehalten hatte, Hals über Kopf heraus.

„Was ist denn hier los", maunzte sie entrüstet.

Emma steckte ihren Kopf durch die Korböffnung nach draußen. „Hier gefällt es mir noch besser! Ich glaube du kannst deinen Schlafplatz behalten", erlaubte sie Murphy.

Der wandte sich dem Kätzchen zu. „Das ist Emma und ich glaube sie bleibt jetzt immer hier. Du warst gestern Abend und die ganze Nacht auf der Jagd und hast sie noch gar nicht bemerkt."

Vorsichtig näherte sich Lisa der Korböffnung, an deren Rand Emma zu knabbern begonnen hatte.

„Das ist aber mein Schlafplatz, da kannst du dich nicht einfach hinlegen. Und hör gefälligst auf, am Korbrand herum zu kauen", maunzte sie empört, sprang auf den Korb und langte mit ihrer Tatze nach dem Dackelmädchen.

Das ließ sich nicht beeindrucken. „Was ihr euch mit euren Schlafplätzen anstellt. In dieser Höhle ist Platz genug für zwei. Du kannst ja mit mir zusammen hier schlafen. Meine Geschwister und ich haben auch immer ganz nah bei einander gelegen. Das ist schön kuschelig und warm."

Zögernd stakste Lisa wieder zurück in den Korb. „Aber eigentlich ist das meine Schlafhöhle!"

Grummelnd rollte sie sich neben Emma zusammen. Der kleine Dackel legte seinen Kopf ganz vorsichtig auf das Hinterteil der Katze.

„Siehst du, so kann man prima schlafen", murmelte er.

Bald darauf schnarchten Hund und Katze um die Wette.
Murphy seufzte tief, das konnte ja heiter werden!

In der letzten Zeit hatte eine hektische Betriebsamkeit geherrscht.

Alice und Alan fuhren ständig weg, um irgendetwas einzukaufen. Sie hatten plötzlich gar nicht mehr so viel Zeit wie sonst für ihre Hunde - und Katzenrudel.

Dem Kätzchen machte es nicht viel aus öfter einmal allein gelassen zu werden. Im Gegensatz zu ihm konnte Murphy das gar nicht haben, zumal Emma ihm überhaupt nicht mehr von der Seite wich und ständig irgendwelchen Unsinn ausheckte.

Wenn sie einmal nichts anstellte, so wollte sie mit ihm spielen. Er kam gar nicht mehr dazu, es sich in Ruhe in seinem Korb gemütlich zu machen. Kaum lag er, so sprang Emma ihm auf den Bauch und hüpfte aufgeregt auf und ab.

„Mir ist soo langweilig! Spielst du mit mir? Ich laufe weg und du fängst mich", quietschte sie und hopste aus dem Korb. Murphy, erleichtert nicht mehr als Trampolin herhalten zu müssen, lief ihr hinterher und fing sie mühelos ein. Doch damit war es nicht getan, denn jetzt wollte Emma Tauziehen oder Ballspielen oder einfach mit ihm herumtoben.

Hatte er keine Lust mit ihr zu spielen und wollte in Ruhe an seinem Lieblingsknochen kauen, so lauerte die Kleine nur darauf, dass er einen Moment nicht aufpasste. Schon kam sie um die Ecke gestürzt und schnappte sich den Knochen.

„Ha-ha, das ist jetzt meiner", damit verschwand sie schnell wieder, ihre Trophäe fest zwischen die Zähne geklemmt. Es half auch kein unfreundliches Knurren, denn davon ließ sich das Dackelmädchen nicht beeindrucken.

Wenn das Frauchen Emmas Attacken bemerkte, so streichelte sie Murphy mitleidig.

„Du solltest dir das wirklich nicht gefallen lassen. Zwick die kleine Freche doch einmal, so wie Jeany das bei dir gemacht hat", riet sie ihm.

Murphy schnaubte entrüstet. Dazu konnte er sich nicht hinreißen lassen, schließlich war Emma doch noch klein.

Kümmerte Murphy sich gar nicht um sie, so kaute Emma aus Langeweile alle Schuhe, die sie finden konnte an.

Alice und Alan reagierten zunächst, indem sie den Schuhtöter auszuschimpften, doch alle Erziehungsversuche scheiterten an Emmas Dickkopf. Sie kaute weiterhin alle erreichbaren Schuhe an, legte sich aber sofort laut jaulend auf den Rücken, sobald Alan oder Alice das Werk der Zerstörung bemerkten.

So gingen die beiden dazu über, ihr Schuhwerk immer gleich im Schuhschrank in Sicherheit zu bringen.

Es dauerte nicht lange und das Dackelmädchen fand eine andere Möglichkeit sich zu beschäftigten: Es nagte den Schuhschrank an. Da half kein Schimpfen, Emma erwies sich als Erziehungsresistent.

Alan hatte schon vor einiger Zeit einen Tannenbaum besorgt und ihn auf der Terrasse abgestellt.
„Damit wir uns gleich verstehen, Partner", wandte er sich streng an den Dackelrüden, der sein Tun interessiert beobachtete. „An diesem Baum wird nicht das Bein gehoben, das ist nämlich unsere Weihnachtstanne."
Daran hielt sich Murphy vorsichtshalber. Er begriff zwar nicht, was an diesem Baum so besonders war, aber Alans Tonfall hielt ihn von allen verbotenen Handlungen ab.

Heute war ein ganz besonderer Tag, das merkte Murphy gleich beim Aufwachen.

Aus der Küche roch es verlockend nach Kuchen und Gänsebraten. Alan hatte den Weihnachtsbaum ins Wohnzimmer befördert und werkelte gutgelaunt daran herum. Die Dackel schauten ihm dabei zu, wie er glitzernde Kugeln und Kerzen aufhängte.

„Meinst du, wir könnten eine von diesen blinkenden Bällen stibitzen und damit spielen?", fragte Emma hoffnungsvoll.

„Lieber nicht, das Herrchen wird bestimmt böse. Es hat einen Narren an diesem Baum gefressen, vielleicht ist es sein Stammbaum", verkündete Murphy voller Würde und war erstaunt, dass Emma seinen Rat dieses Mal beherzigte.

Ihre Geduld wurde belohnt, denn bald strahlte und glitzerte der Weihnachtsbaum im Kerzenlicht.

„Los jetzt. Ihr seid heute schon den ganzen Tag so geduldig und lieb gewesen, da müssen wir zur Belohnung einen ganz langen Spaziergang machen." Alan nahm die Hundeleinen vom Haken und befestigte sie an den Halsbändern. Das Frauchen schloss sich ihnen an und bald ging es eine lange Runde durch den Wald.

Während Emma wie ein Wirbelwind hin und her flitzte und dabei versuchte, die einzeln fallenden Schneeflocken zu fangen, blieb Murphy lieber bei seinen Menschen. Schließlich war er der Ältere und schon erwachsen.

Inzwischen war es dunkel geworden und die Vier machten sich auf den Heimweg.

Zu Hause angekommen setzten sich Alan und Alice an den schön gedeckten Tisch und auch die Tiere bekamen einen besonderen Leckerbissen.

Nach dem Festschmaus leckte Emma sich die Lefzen.

„Hmm, das war lecker. Jetzt bin ich aber müde. Ich mache erst einmal ein Nickerchen."

Dem konnten Murphy und die Katze nur beipflichten, auch sie machten es sich bequem. Während Lisa sich in ihrem Katzenkorb zusammenrollte, kuschelten sich die beiden Dackel in einem Korb zusammen, wie in letzter Zeit fast immer. Bald waren alle Drei fest eingeschlafen.

Viel später hob Murphy verschlafen den Kopf, denn irgendetwas stimmte nicht. Richtig, Emma lag nicht mehr neben ihm. Er gähnte, reckte und kratzte sich erst einmal ausgiebig. Dann kletterte er, noch immer schlaftrunken, aus dem Korb, er schaute sich um. Der Weihnachtsbaum glitzerte und glimmerte immer noch. Alan und Alice saßen gemütlich beieinander und da war auch Emma. Sie hatte sich auf Alices Schoß zusammengerollt und ließ sich den Bauch kraulen.

Alan grinste. „Komm schon her, Partner. Ich verpasse dir auch ein paar Streicheleinheiten!"

Das ließ sich Murphy nicht zweimal sagen, mit einem Hopser sprang er aufs Sofa.

„Dieses komische Baumglitzerfest gefällt mir wirklich", sagte Emma und schnurrte dabei fast wie die Katze.

Murphy gähnte noch einmal herzhaft. „Es ist gut, dass ich nicht an Herrchens Stammbaum das Bein gehoben habe..."

Am nächsten Morgen waren Hund und Herrchen schon früh auf. Die Kinder wollten zum Essen kommen. Alice klapperte in der Küche mit den Töpfen herum. Emma, die immer hoffte, dass für sie ein Leckerbissen abfallen würde, lief ihr zwischen den Beinen herum, bis Alan sie sich unter den Arm klemmte und dieses Mal allein mit den Hunden spazieren ging.

Auf der großen Wiese angekommen nahm er den mitgebrachten Tennisball aus der Tasche. Bald rannte Murphy begeistert hinter dem rollenden Ding her.

Emma hatte eine andere Beschäftigung gefunden, denn es fing wieder an zu schneien. Dieses Mal waren es dicke Flocken, die aus Wattewolken gemächlich nach unten schaukelten. Das Dackelmädchen sperrte den Rachen weit auf und versuchte so viele Schneeflocken wie möglich zu fangen. Es machte Spaß hin und her zu springen und zu versuchen nach den merkwürdigen weißen Dingern zu schnappen. Immer wenn es dachte eines davon gefangen zu haben, war die Schneeflocke plötzlich verschwunden. Zurück blieb ein feuchter Fleck auf der Nase oder der Zunge.

Viel zu früh wollte Alan wieder zurück. Auf dem Heimweg versuchte Emma immer wieder aufs Neue eine Schneeflocke zu erwischen.

Zu Hause gab es erst einmal eine warme Dusche. Kaum waren die beiden Dackel trocken gerubbelt, gongte auch schon die Türglocke. Stefan, Franzi und Idefix standen vor der Tür. Während Emma besonders Idefix freudig begrüßte, knurrte Murphy ihn unfreundlich an. Er mochte es gar nicht, dass sich Emma so sehr um das Großohr kümmerte und ihn links liegen ließ. Schließlich achtete er immerzu auf die Kleine, da musste sie doch zu ihm halten. Aber

Emma schien das völlig anders zu sehen und wann immer Idefix in der Nähe war, scharwenzelte sie um ihn herum.

So auch jetzt und als sich Idefix auch noch über seinen Futternapf her machte, wurde der Murphy richtig böse.

„Du doofes Großohr, hau bloß ab hier", knurrte er bedrohlich und machte Anstalten, sich auf den großen Hund zu stürzen, der seinerseits zurückknurrte.

„Oh, je. Ich glaube für heute ist es besser, wenn ihr euren Idefix wieder nach oben bringt", mischte sich Alan ein.

„Ich mache ihm zum Trost auch ein besonders leckeres Stück Fleisch fertig," fügte Alice beschwichtigend hinzu.

So brachte Stefan den Hund wieder in die obere Wohnung und bald saß die Familie zum Essen zusammen. Wieder hatten die Tiere einen besonderen Leckerbissen in ihren Futternapf bekommen.

Während das Kätzchen, das sich wieder einmal hinter dem Sofa verkrochen hatte, als es Idefix sah, zufrieden kaute, meckerte Emma lautstark.

„Du bist so gemein, oller Murphy. Ich hätte so gerne mit Idefix gespielt."

Murphy schielte hoffnungsvoll auf ihren Futternapf. „Magst du nicht essen? Ich esse deinen Napf gerne leer."

Schnell steckte Emma die Nase ins Futter. „Ipf esse ja ßon", murmelte sie mit vollem Mund und leckte ihren Futternapf hinterher besonders sauber ab.

Endlich lachte die Sonne wieder, der Winter schien endgültig vorbei zu sein. Prüfend steckte der Murphy seine Nase in die Luft, es roch definitiv nach Frühling. Das wurde auch wirklich Zeit, der Dackel hatte die Nase gründlich voll vom Winter - Schmuddel - Wetter.

Alan schien der gleichen Meinung zu sein, denn er kramte im Geräteschuppen herum.

Erwartungsvoll und wie immer hungrig leckte sich Murphy die Lefzen. „Heute bekommen wir Würstchen. Schau, er hat den Grill gefunden. Jetzt macht er ihn sauber und dann geht es los", klärte der Emma auf.

Doch bevor die etwas erwidern konnte, rief Alice schon: „Murphy, Emma, Zeit zum Gassi gehen!"

Während Murphy gähnend den Kopf hob, schoss Emma wie eine Kanonenkugel aufs Frauchen zu und hüpfte begeistert an ihren Beinen auf und ab. Alice wehrte das Energiebündel lachend ab. „Nicht so stürmisch, meine Kleine!"

Murphy reckte und streckte sich in aller Ruhe. Dann seufzte er tief; immer war Emma so ungeduldig. Wie oft hatte er ihr schon gesagt, dass man gemächlich auch ans Ziel gelangte. Er würde ihr noch vieles beibringen müssen, denn scheinbar waren die Rudelführer dazu nicht in der Lage. Er reckte sich noch einmal und trottete hinterher.

Wie üblich ging es am Bach entlang. Während Emma sich Hals über Kopf ins Wasser stürzte schnüffelte Murphy eifrig im Gras herum.

Was war das? Plötzlich witterte er wieder den merkwürdig betörenden Duft. Interessiert steckte er die Nase noch tiefer ins Gras, denn das war ein ganz besonderer Geruch, eindeutig von einem wunderschönen Weibchen.

Murphy schaute sich um, aber das einzige Weibchen in seiner Nähe war Emma, die pudelnass aus dem Bach gekletterte, um sich nun kräftig zu schütteln. Prüfend schnüffelte er an ihr, doch sie roch wie immer und überhaupt nicht wie das Zauberwesen, das hier seine Duftnote hinterlassen hatte. Also ließ Murphy sie links liegen und versuchte eifrig die Spur der Schönen aufzunehmen, was Alice allerdings verhinderte. Rücksichtslos hakte sie die Leine ein und bestand darauf nach Hause zu gehen.

„Menschen", Murphy schnaubte entrüstet. Nicht nur, dass sie nasentechnisch ziemlich schwer von Begriff waren, sie wollten zudem immer zurück nach Hause, wenn es gerade interessant wurde.

Im Garten angekommen schnüffelte Murphy schnell noch am Kätzchen. „Sicher ist sicher", dachte er, aber auch Lisa roch wie immer, eben nach Katze. Emma forderte ihn zum Spielen auf doch er hatte nicht die richtige Lust mit ihr tauziehen oder fangen zu spielen.

So verzog sich das Dackelmädchen in eine Ecke, um dort genüsslich auf einem Knochen zu kauen.

Murphy legte den Kopf auf die Pfoten, schloss die Augen und dachte seufzend an seine unbekannte Schöne. Wie mochte sie wohl aussehen? Bestimmt war sie klein und zierlich, mit braunen Haaren.

Selbst der köstliche Geruch der Grillwürstchen, der durch den Garten zog, interessierte ihn nicht.

Am nächsten Tag wachte der verliebte Dackel früher als sonst auf. Er wartete ungeduldig auf den Morgenspaziergang.

Wieder einmal trödelte Alice unerträglich lange mit der Morgentoilette herum.

Endlich war sie soweit und Murphy schoss wie der Blitz aus dem Haus, begierig darauf, der Schönen endlich zu begegnen. Richtig, da war es wieder, das Aroma, welches von Versprechungen und Vorfreude erzählte. Dieses Mal folgte er zielstrebig der Spur. Zu seiner Freude ließen sich Frauchen und Emma arglos von ihm führen, ohne zu ahnen, was er im Schilde führte.

An einem Gartentor angekommen überwältigte ihn der Geruch schier. Hier musste sie wohnen.

Zitternd vor freudiger Erwartung markierte der verliebte Dackel beide Torpfosten aufs Gründlichste. Jetzt konnte es nicht mehr lange dauern und er würde IHR begegnen!

Wie auf sein Kommando öffnete sich die Terrassentür und das Zauberwesen betrat den Garten. Er schluckte, denn die Wunderbare war ein wenig größer als er und etwas füllig, aber dafür schimmerte ihr Haarkleid in einem zauberhaften Braunton und sie duftete einfach unwiderstehlich.

Eifrig wedelte Murphy mit der Rute und versuchte das Gartentor zu entern.

Das gelang ihm allerdings nicht; zum einen weil seine Zauberfee ihn laut und drohend anknurrte, wobei sie hinter dem Gartenzaun in Kampfposition ging, zum anderen, weil Alice herbeigestürzt kam und ihn beim Wickel packte.

„Aus, bist du verrückt geworden?", rief sie atemlos. „Was willst du mit dieser fetten, riesigen und hässlichen Dogge anfangen. Die verspeist dich zum Früh-stück."

Als wolle es Alice Recht geben, rannte das Doggenweibchen gegen das Tor, so dass es bedrohlich wackelte, und kläff-te wie verrückt.

Eingeschüchtert zog Murphy Kopf und Schwanz ein. Die Weiblichkeit schien ihm heute nicht ganz gewogen zu sein. Wo er es doch nur gut gemeint hatte! Fassungslos schüttelte er den Kopf. Wie konnte es möglich sein, dass ein Wesen, das so gut duftete, derartig überreagierte? Sicherlich hätte er es beschwichtigen können, aber natürlich hatte ihm das Frauchen wieder einmal einen Strich durch die Rechnung gemacht.

Zu allem Überfluss kam jetzt auch noch Emma angehoppelt und wollte einmal mehr mit ihm spielen. Nein, wirklich! Das konnte jetzt nicht auch noch von ihm verlangt werden. Erst musste er die Enttäuschung über die Ablehnung der Angebeteten und die Vereitelung aller seiner Pläne verarbeiten.

So trottete er mit hängenden Ohren hinter Frauchen her und übersah geflissentlich alle Aufmunterungsversuche von ihr und Emma.

Auch in den nächsten Tagen blieb er trübsinnig und appetitlos. Immer wieder hatte er das Bild der schönen Unbekannten vor Augen und ihren wunderbaren Geruch in der Nase. Wie gerne wäre er trotz allem näher mit ihr bekannt geworden, aber es fehlte die Gelegenheit dazu. Unerbittlich nahm

Alice bei allen Spaziergängen eine Route, die ganz bestimmt nicht an dem bewussten Garten vorbeiführte.

So ging es eine ganze Zeit weiter, bis Murphy eines Morgens aufwachte und einen gewaltigen Hunger verspürte. Nachdem er eine Riesenportion Futter verputzt hatte, wandte er sich unternehmungslustig an Emma: „Na, was ist? Wollen wir fangen spielen?"

Das Dackelmädchen beäugte ihn misstrauisch. „Ehrlich? Bist du denn gar nicht mehr traurig?"

„Ach weißt du, ich glaube, ich war irgendwie verwirrt. Los jetzt, fang mich doch", mit diesen Worten rannte Murphy so schnell er konnte in den Garten, Emma folgte ihm fröhlich hopsend.

Später, beim Mittagsspaziergang kamen Murphy, Emma und das Frauchen an dem Garten vorbei, in dem Murphys Angebetete wohnte.

Am Tor blieb das Frauchen stehen. Es schaute den Dackel prüfend an. „Naa, geht es wieder?" fragte es.

Krawumm!

Das Gartentor zitterte unter der Wucht des Aufpralls. Eine ziemlich dicke, hässliche Dogge keifte über den Zaun hinweg los. Vorsichtshalber gingen die Drei einen Schritt zurück.

Murphy konnte es nicht fassen. Wegen dieses zänkischen Weibchens war er krank vor Kummer gewesen? Da musste er aber ziemlich verwirrt gewesen sein.

Emma leckte ihm liebevoll über die Nase. „Mach dir nix draus. Hauptsache du bist jetzt wieder normal. Sollen wir ein kleines Bad im Bach nehmen?"

Sie wartete Murphys Antwort nicht ab, sondern stürzte sich mit einem lauten „Platsch" ins Wasser.

„**Oh - oh**, wenn das Frauchen sieht, was du angerichtet hast, gibt es ein großes Theater."

Murphy zweifelte keinen Moment daran, dass Emma verrückt war, denn sie thronte auf einem riesigen Wäscheberg. Die Hündin zupfte eine Socke zurecht und wälzte sich anschließend auf der Wäsche hin und her.

„Das solltest du auch mal probieren, es macht Spaß und du kannst dir prima den Rücken kratzen. Wenn das Frauchen schimpft, so ergebe ich mich sofort und drehe ihr meinen Bauch zu. Dann lacht sie und krault mich. Das hat bis jetzt noch immer geklappt."

In diesem Moment kam Alice um die Ecke, einen Korb mit frisch gewaschener Wäsche vor sich her tragend. Sie blieb wie vom Donner gerührt stehen und betrachtet fassungslos das von Emma angerichtete Durcheinander.

Heute war Waschtag und die Hündin hatte die Gunst der Stunde genutzt, indem sie alle Wäschestücke, die sie irgendwie ergattern konnte in den Garten geschleppt hatte. Jetzt lag die noch schmutzige Wäsche und die bereits gewaschene bunt durcheinander: Saubere Unterhemden unter den schmutzigen Socken, gebügelte Shirts neben den noch nicht gewaschenen Unterhosen. Obenauf thronte Emma, die es sich gemütlich gemacht hatte und sich immer noch genüsslich wälzte.

Das Frauchen klappte den Mund auf und stellte den Wäschekorb mit einem lauten Knall ab, was Murphy dazu veranlasste, sich vorsichtshalber im nächsten Gebüsch in Sicherheit zu bringen. Vorsichtig lugte er daraus hervor, denn man konnte nie wissen, wen das Donnerwetter treffen würde.

Emma, die sich bei dem Knall erschrocken hatte, hielt mitten in der Bewegung inne, blieb auf dem Rücken liegen, zog den Schwanz ein und schaute das Frauchen treuherzig an.

„Ach, Emma, was machst du bloß immer für einen Unsinn", seufzte Alice und begann die Kleidungsstücke einzusammeln. „Ich glaube du wirst niemals vernünftig."

Emma, die merkte, dass die Gefahr fürs Erste gebannt war, hopste schwanzwedelnd um Alice herum, was diese in Rage brachte. Sie fasste dem Dackelmädchen energisch ins Nackenfell und schüttelte es einmal kräftig.

„Pfui, das darf man nicht", schimpfte sie dabei.

„Jiep", Emma fiepte erschrocken auf und flitzte zu ihrem großen Bruder ins Gebüsch, wo sie sich erst einmal ausgiebig schüttelte.

„Puh, jetzt war sie aber wirklich böse. Ich glaube wir sollten sie erst mal in Ruhe lassen. Schau nur, sie macht alles wieder kaputt, dabei hatte ich mir ein so schönes Nest gebaut."

„Das hast du nun davon. Wie oft habe ich dir schon gesagt, dass du keine Socken klauen darfst. Und an Schuhen herumzukauen ist strengstens verboten, auch wenn das Spaß macht."

Murphy konnte es sich nicht verkneifen, das kleine Dackelmädchen zu belehren. Leider geschah das ohne jeden Erfolg, Emma tat einfach was ihr Spaß machte und kümmerte sich nicht um die Folgen.

Es raschelte, Lisa kletterte von oben kommend zu ihnen, um gleich wieder auf den nächsthöheren Ast zu springen, denn Emma stürzte sich begeistert auf sie.

„Spiel doch mit mir! Murphy ist heute so langweilig. Immer will er mir Vorschriften machen."

Während die Katze misstrauisch noch einen Ast höher kletterte, versuchte Emma sie springend zu erreichen. „Komm schon, lauf weg. Ich fange dich und kneife dir ins Ohr oder in den Schwanz."

„Das hat mir auch noch gefehlt. Jetzt ruhe ich mich erst einmal aus."

Lisa, entschlossen ihr Mittagsschläfchen lieber in Ruhe auf dem Nachbargrundstück zu genießen, kletterte kurz entschlossen über den Zaun.

Enttäuscht schaute ihr das Dackelmädchen hinterher.

„Ihr seid aber heute ganz schön langweilig", stellte es beleidigt fest, stolzierte ins Haus, um sich in den Katzenkorb zu legen und zu schmollen.

Wenigstens Idefix von oben war immer gut drauf und spielte mit ihr, wenn sich eine Gelegenheit dazu bot. Zwar rannte er die kleine Hündin im Eifer des Gefechtes öfter um, aber das machte Emma nichts aus. Schließlich meinte es der große Hund nicht böse.

In der letzten Zeit allerdings hatten sich die beiden kaum noch gesehen. Daran war Murphy schuld. Er war immer noch eifersüchtig, knurrte und bellte wie verrückt, sobald er Idefix zu Gesicht bekam. Es schien ihm überhaupt nicht zu passen, dass der sich so gut mit Emma verstand. So kamen Stefan und Franzi noch öfter als zuvor ohne ihren Hund zu Besuch.

Heute Abend war das anders; Franzi und Stefan wollten schon seit langem ins Kino. Sie baten die Eltern, den Hund für diese Zeit zu sich zu nehmen, denn als sie ihn das letzte Mal für ein paar Stunden allein gelassen hatten, endete das in einem Fiasko.

Stefan hatte seine Freundin zu einem romantischen Candlelight Dinner eingeladen.

Der Hund war versorgt, die Eltern informiert worden. Stefan hatte eine extra lange Gassi Runde mit ihm eingelegt. Franzi hatte Idefix geknuddelt und ihm erklärt, dass er nicht so lange allein bleiben würde, was dieser mit einem treuherzigen Augenaufschlag quittierte. Dann hatte sich das Pärchen gut gelaunt verabschiedet und war in Richtung Restaurant aufgebrochen.

Allein gelassen legte sich Idefix dicht an die Ausgangstür, damit er sofort merkte, wenn seine Menschen zu ihm zurückkehren würden. Er wartete eine lange Zeit, schnüffelte ab und zu am Türspalt. Vielleicht würde er Stefan und Franzi eher riechen als sehen, dachte er.

Schließlich gab er es auf zu warten. Eine große Traurigkeit überkam ihn, deshalb klagte er der Welt sein Leid und heulte eine Weile, was ihm allerdings bald langweilig wurde.

So versuchte er sich abzulenken, schnüffelte ein wenig in der zum Wohnzimmer offenen Küche herum. Er durchsuchte den Mülleimer gründlich nach Essbarem, wurde aber nicht wirklich fündig, so sehr er auch alles aus dem Eimer zog. Lediglich eine Schokoladenverpackung roch so unwiderstehlich, dass er sie heißhungrig verschlang, obwohl sie besser roch als schmeckte.

Schließlich fiel sein Blick auf einige lustig bunten Päckchen, die Franzi ganz unten in einem Drahtkorb gestapelt hatte. Sie rochen vielversprechend. Vielleicht konnten sie ihn aufmuntern!

Probeweise nahm er eines der Päckchen zwischen die Zähne und biss kräftig zu. Sofort sprudelte aus den Löchern, die seine Zähne hinterlassen hatten, eine köstlich süße Flüssigkeit. Idefix ließ das Päckchen auf den Küchenboden fallen und schleckte die Flüssigkeit auf. Neugierig schaute er die anderen Päckchen an. Wer konnte wissen, welch leckere Überraschung sich noch hinter der bunten Verpackung verbarg. Wieder stanzte er mit Hilfe seiner Zähne Löcher in die Verpackung, um sie wenig später enttäuscht fallen zu lassen. Das schmeckte ja genauso wie die Flüssigkeit im vorherigen Päckchen.

„Macht nichts, es sind noch genug von diesen komischen Dingern übrig. Sie werden nicht alle gleich schmecken", dachte er und nahm sich entschlossen das nächste Päckchen vor.

Nachdem Idefix alle 10 Tetra-Packs perforiert und so viel Eistee wie möglich aufgeschleckt hatte, fing es in seinem Bauch an zu grummeln.

„Man müsste sich ein wenig hin und her wälzen, um seinen Magen zu beruhigen", dachte er sich, doch der Fußboden erschien ihm viel zu nass und zu klebrig.

So beschloss er, die Wälzattacke auf die Wohnzimmercouch zu verlegen. Anschließend wollte er es sich dort gemütlich machen, so wie Stefan es immer tat. Nach einer Mütze voll Schlaf würde es ihm schon besser gehen. Doch zuerst musste er sich trocken und gesund wälzen, denn er tropfte vor lauter Eistee. Auch dazu war so ein Sofa gut zu gebrauchen.

Er sprang hinauf, schüttelte sich ausgiebig und rollte sich hin und her. Nach einer Weile fühlte er sich schon viel wohler, legte den Kopf auf die Vorderpfoten und war bald eingeschlafen.

Das Drehen des Schlüssels im Schloss weckte ihn auf. Er wollte mit einem

Satz vom Sofa springen und seine Menschen begrüßen, doch so sehr er sich auch bemühte, er kam gar nicht richtig hoch. Sein eisteeverzuckertes Fell klebte am Sofa fest.

Inzwischen hatten Franz und Stefan die Küche betreten und das ganze Schlamassel gesehen.

„Idefix", rief Stefan. Seine Stimme klang gar nicht so nett wie sonst.

Mit einem energischen Ruck riss sich der Übeltäter von Sofa los, schlich sich vorsichtig an der Küche vorbei und versteckte sich in seinem Körbchen.

Was ihn allerdings nicht davor bewahrt, ordentlich ausgeschimpft zu werden…

So hatten seine Menschen heute vorsichtshalber nachgefragt, ob Stefans Eltern auf Idefix aufpassen würden.

Während Murphy das ungewohnte treiben misstrauisch beäugte, freute sich Emma sehr, als Stefan erst das

Hundekörbchen und dann Idefix in die Wohnung brachte.

„Oh, prima. Wir können gleich fangen spielen", forderte Emma den Neuankömmling schwanzwedelnd auf. Daraus vorerst wurde allerdings nichts, denn Alan packte sie kurz entschlossen beim Wickel und setzte sie in ihr Körbchen. Er erinnerte sich nur zu gut daran, wie die letzte Begegnung zwischen den drei Hunden ausgefallen war.

„So, hier bleibst du", befahl er.

Emma tat sicherheitshalber erst einmal, was das Herrchen ihr befahl.

Idefix kam samt Körbchen in den oberen Korridor, sodass er durch das Treppenhaus von Murphy getrennt war, denn offensichtlich gefiel es dem überhaupt nicht, dass das Großohr den Abend in seiner Wohnung verbringen sollte.

„Komm mir bloß nicht in die Quere. Ich bin hier der stellvertretende Rudelführer", grummelte er.

„Pöh", grollte Idefix zurück. „Ist mir doch egal. Mit dir spiele ich überhaupt nicht, höchstens mit Emma."

Doch vorerst spielte niemand, denn Alan gab Obacht, dass die Hunde sich aus dem Weg gingen.

Schließlich wurde es Emma zu langweilig. Vorsichtig schlich sie sich die Treppe hinauf und saß bald vor Idefix. „Wollen wir jetzt loslegen?", fragte sie. Das ließ sich der große Hund nicht zweimal sagen, er stürzte sich Hals über Kopf auf das Dackelmädchen. Bald kugelten beide lustig über - und untereinander her.

„Verflixt nochmal! Emma, Idefix — aus! Sofort ins Körbchen", schimpfte Alan laut und böse.

Die Zwei hielten mitten in der Bewegung inne. Anschließend sprangen beide mit Anlauf in Idefix Körbchen, was eine Kettenreaktion in Gang setzte: Das Körbchen rutschte durch den Schwung über die Fliesen und auf die Treppenstufen, dem Erdgeschoss zu. Während Emma aus dem seltsamen Gefährt purzelte und nach Luft japsend auf dem Treppenabsatz zum Stillstand kam, saß Idefix mit wehenden Ohren weiter aufrecht im Korb, welcher wie ein Schlitten die Treppe hinunterrutschte. Unten setzten Hund und Korb mit einem Hopser auf.

„Wuff", Idefix schüttelte den Kopf. Er konnte gar nicht fassen, was ihm da passiert war. Selbst Murphy hatte es für einen Moment die Sprache verschlagen. Er schaute interessiert zu, wie Alan das völlig verwirrte Großohr beruhigte und es samt Körbchen wieder nach oben beförderte.

Obwohl Emma sich an diesem Abend noch ziemlich oft zu ihm schlich, um mit ihm zu spielen aufzufordern traute sich Idefix nicht mehr aus seinem Körbchen heraus.

Etwas kitzelte Murphy an der Nase. Er reckte und streckte sich verschlafen. Emma hatte sich in der Nacht zu ihm ins Körbchen gelegt. Jetzt knabberte sie vorsichtig an ihm herum; erst an der Nase, dann an seinem Ohr.

„Lass das", Murphy schüttelte sich.

Auch das Frauchen war schon auf den Beinen und bald drehten die Drei ihre Morgenrunde. Heute schien ein schöner Tag zu werden, die Sonne lachte wieder einmal vielversprechend. Am Bach angekommen blieb Murphy plötzlich stehen. Er hatte ein Geräusch gehört. Richtig, da war Lisa, das Kätzchen.

„Wartet, ich komme auch mit", keuchte es.

Das Frauchen lachte überrascht. „Das ist ja fein, jetzt kommt das Kätzchen mit zum Gassi gehen."

Wirklich schloss sich Lisa ihnen an und zwängte sich zwischen die Dackel. „Schließlich gehöre ich auch mit dazu", maunzte sie.

„Dann kannst du auch mit mir baden", stellte Emma fest. Sie versuchte das Kätzchen erfolglos in den Bach zu schubsen.

„Das ist nicht die Art von uns Katzen", bemerkte es würdevoll, beleckte sich die Pfote und strich sich über den Kopf. „Wir reinigen uns anders, ohne Wasser."

„Sauber machen wollte ich mich auch nicht. Es macht bloß so einen Spaß, im Wasser herum zu plantschen." Emma ließ sich nicht beeindrucken.

„Das ist nichts für mich, weil das Wasser so nass ist. Ich gehe dann lieber mal", würdevoll drehte Lisa sich um und stolzierte davon.

Nachdem sich die Hunde ausgetobt hatten ging es wieder zurück.

„Schön, unser Briefträger war schon da. Mal schauen, was er Interessantes gebracht hat", sagte Alice, ließ die Hundeleinen einen Augenblick los und schloss den Briefkasten auf.

Emma überlegte blitzschnell. Das war ihre Gelegenheit einmal ganz allein loszulaufen, ohne dass jemand bestimmte, wo es lang ging. Wenn das Kätzchen immer alleine draußen herumlief, dann konnte sie das auch. Blitzschnell drehte sie sich um und war im Nu um die Ecke verschwunden.

Murphy schaute ihr verwundert nach. Was diese Kleine sich wieder dachte. Sie konnte doch nicht einfach so weglaufen. Bestimmt würde das Frauchen ganz schrecklich böse werden. So setzte er sich vorsichtshalber brav hin, hob eine Pfote an und schaute treuherzig zu Alice, die sich suchend umsah.

„Emma?", rief sie verblüfft und noch einmal lauter: „Emma!"

Doch die war schon längst über alle Berge.

„Weit kann sie nicht gekommen sein!", murmelte Alice, wie um sich selbst zu beruhigen. Sie wandte sich Murphy zu. „Wo ist Emma, such Emma!", sagte sie, woraufhin Murphy eifrig zu schnüffelte begann. Doch statt Emma fand er im Gebüsch des Vorgartens nur einen alten Tennisball, den er dem Frauchen vor die Füße legte. Vielleicht würde es mit ihm Ballspielen, bis Emma wieder auftauchte. Dazu schien Alice aber keine Lust zu haben, denn sie beförderte Murphy kurzerhand in die Wohnung und lief, laut rufend, draußen herum. Bald gesellte sich Stefan zu ihr. Die beiden suchten die ganze Umgebung nach dem Ausreißer ab.

Murphy legte sich in seinen Korb. Was sollte die ganze Aufregung, die Kleine würde schon wiederkommen, schließlich wusste sie, wohin sie gehörte.

Emma war schnell die Straße heruntergelaufen. Herrlich, endlich konnte sie selbst bestimmen, wohin sie gehen wollte. Zwar störte die Hundeleine etwas, die sie hinter sich her schliff, aber das machte ihr nicht so viel aus. An der nächsten Kreuzung angekommen schaute sie sich um. Gewöhnlich bog das Frauchen links ab und ging in Richtung Promenade und Bach. Dann würde Emma heute einmal rechts herum gehen.

Auf der Straße flitzten die Autos hin und her, Lastwagen donnerten dort entlang. Sie zu überqueren traute sich das Dackelmädchen nicht. So ging es erst einmal den Bürgersteig entlang. Hier sah es nicht so toll aus, ein Haus reihte sich an das andere, was auf die Dauer einfach langweilig war.

Plötzlich entdeckte Emma eine offene Tür. Was sich wohl dahinter verbarg? Sie schnüffelte neugierig und war so konzentriert, dass sie den Radfahrer gar nicht bemerkte, der plötzlich an ihr vorbei sauste. Das Dackelmädchen erschrak ganz fürchterlich, hopste schnell durch die Tür und brachte sich unter dem nächstbesten Möbelstück, einem großen Schreibtisch, in Sicherheit.

Emma lugte vorsichtig um die Ecke. Der Raum erschien ihr angenehm kühl und dämmerig. Gerade als sie überlegte, ob sie unter dem Schreibtisch hervor krabbeln sollte, um das Zimmer einmal genauer zu untersuchen, betrat ein Mann den Raum. Er schloss mit einem Ruck die Eingangstür und setzte sich an den Schreibtisch, wobei er mit dem einen Fuß fast auf Emma trat. In letzter Minute rollte sie sich zur Seite.

Was sollte sie jetzt tun? Schnell hinaus laufen konnte sie nicht mehr, so einfach hervorzukommen traute sie sich nicht. So schnüffelte sie erst einmal an den Schuhen des Mannes, die ein wenig nach Hund rochen, was ihr beruhigend vorkam Vielleicht würde er irgendwann die Tür wieder aufmachen, dann konnte sie einfach hinausschleichen. Mit diesem beruhigenden Gedanken schlief Emma ein.

Inzwischen hatten das Frauchen und Stefan überall gesucht, ohne den Ausreißer zu entdecken.

„Was mache ich denn nur? Es ist nicht auszudenken, wenn die Kleine auf die Straße gelaufen ist!", sagte Alice verzweifelt.

Stefan tätschelte ihr beruhigend den Arm. „Das ist sie ganz bestimmt nicht. Das Beste wird sein, wenn du einmal bei der Gemeindeverwaltung anrufst. Vielleicht hat jemand den Hund gefunden und ihn dort abgegeben."

„Du hast Recht, das mache ich sofort", Alice schöpfte neue Hoffnung.

Emma wurde unsanft geweckt, denn jemand zog kräftig an der Hundeleine, die immer noch im Halsband eingehakt war. Schlaftrunken krabbelte sie hervor. Der Mann stand jetzt vor dem Schreibtisch und hatte die Leine in der Hand. Neben ihm hockte ein kleines

Mädchen, das wohl versucht hatte, unter den Schreibtisch zu gucken.

„Och, ist das ein süßer Hund", quietschte es und strich Emma ganz vorsichtig über den Kopf. Die Hand des Mädchens duftete gut nach Schokolade und Lakritz.

„Wer so lecker riecht, vor dem braucht man keine Angst zu haben", dachte Emma. Sie leckte einmal probehalber über die Hand.

„Ui, das kitzelt", kicherte das Mädchen und streichelte den kleinen Hund weiter, der sich jetzt wohlig räkelte. „Können wir ihn nicht behalten?", fragte es den Mann, der sich inzwischen auch zu Emma hinunter gebeugt hatte um sie zu streicheln.

„Ich glaube nicht", antwortete er. „Der kleine Hund wird bestimmt schon irgendwo vermisst. Er ist offensichtlich ausgerissen, schau seine Hundeleine hängt ja noch am Halsband!"

„Och, Papa! Vielleicht ist er ein Waisenkind und ganz allein! Schau doch wie froh er ist, dass wir ihn streicheln!"
„Ich mache dir einen Vorschlag. Ich rufe jetzt einmal bei der Gemeindeverwaltung an. Wenn der kleine Hund wirklich zu niemandem gehört, dann darf er bei uns wohnen? Was hältst du davon?"
Das Mädchen klatschte in die Hände. „Au ja, so machen wir das. Sicher gehört der Hund niemandem…"
Da hatte sich Emma ja ganz schön was eingebrockt. Das Mädchen würde bestimmt sehr traurig sein, wenn es erfuhr, dass Emma schon zu einer anderen Familie gehörte. Bedauernd leckte sie der Kleinen über die Hand, während der Vater telefonierte. Nach dem Gespräch nahm er seine Tochter in den Arm.
„Sei bitte nicht enttäuscht, aber es ist wie ich es schon sagte. Der kleine Hund

ist weggelaufen. Sein Frauchen sucht schon händeringend nach ihm."

Wie auf Kommando ging die Tür auf und Alice betrat den Raum.

Emma begrüßte sie schwanzwedelnd, denn sie fand es schön, dass jemand sie abholen kam. Langsam wurde es wirklich Zeit nach Hause zu gehen. Dankbar ließ sie sich vom Frauchen auf dem Arm nehmen.

„Was machst du nur immer für einen Unsinn, die ungezogene kleine Emma", schimpfte Alice und an den Mann gewandt sagte sie. „Danke, dass sie gleich bei der Gemeindeverwaltung angerufen haben. Ich war sehr besorgt, dass Emma etwas passiert ist."

Das Mädchen ließ den Kopf hängen und ihr Vater erklärte: „Meine Tochter hätte den Dackel am liebsten behalten. Sie wünscht sich schon lange einen eigenen Hund."

„Das tut mir wirklich leid", meinte Alice bedauernd, dann fiel ihr etwas ein.

„Weißt du was, du kannst Emma ja mal besuchen kommen. Vielleicht gehst du auch mit uns Gassi. Dann merkst du am besten, ob du wirklich einen eigenen Hund haben möchtest. Übrigens kannst du dann direkt Emmas Freunde kennen lernen."

Diese Aussichten munterten das Kind wieder auf. Es versprach so schnell wie möglich vorbei zu kommen.

Wieder zu Hause angekommen berichtete Emma von ihren Erlebnissen.

Murphy war entrüstet. „Ich bin noch nie weggelaufen. Das ist mir viel zu gefährlich. Du musst wirklich langsam vernünftig werden. Immer kann ich nicht auf dich aufpassen, weißt du."

„Ach, was du immer sagst. Ich pass auf mich allein auf." Emma ließ sich nicht beeindrucken. „Jedenfalls habe ich eine nette Freundin gefunden. Sie riecht sehr gut. Bestimmt kommt sie mich bald besuchen. Wenn du jetzt mit mir spielst, dann erlaube ich dir auch, mal an meiner neuen Freundin zu schnüffeln…"

Das ließ sich Murphy nicht zweimal sagen und bald tobten die beiden durch den Garten.

Lisa, das Kätzchen, hatte sich lieber auf dem Pfirsichbaum in Sicherheit gebracht und schaute sich alles von oben an.

Am Abend, als sich Murphy und Emma im Körbchen zusammenkuschelten, knabberte das Dackelmädchen an seinem Ohr.

„Du, ich muss dir was sagen", flüsterte es. „Das war heute ganz schön aufregend und spannend und meine neue Freundin war auch sehr nett. Aber ich war doch froh gewesen, als das Frauchen mich abgeholt hat."

„Jetzt halt die Klappe und lass mich schlafen", knurrte Murphy, aber insgeheim freute er sich ganz doll, dass Emma wieder da war.

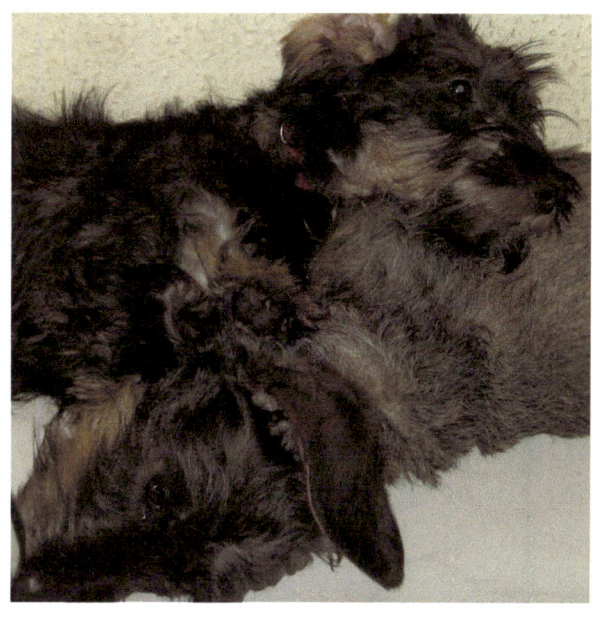

Denn zuweilen ist es schon schön mit
einem netten Mädel zu kuscheln..

Emma erzählt:

Ja, so war das damals, aber das ist unzählige Sommer und Winter her.

Wir haben noch eine Menge erlebt, sind oft mit Herrchen und Frauchen mit dem Wohnwagen in Urlaub gefahren. Das hat Murphy und mir immer gut gefallen, weil wir den ganzen Tag draußen bleiben und spielen oder in der Sonne liegen konnten. Geschlafen haben Murphy und ich zusammen, unter dem Bett im Wohnwagen. Da war eine perfekte Schlafhöhle für uns.

Manchmal haben Herrchen und Frauchen auch ohne uns Urlaub gemacht. Das war nicht so schön, weil wir dann in die Hundepension mussten. Aber wenigstens waren Murphy und ich zusammen und so ließ es sich in der Pension aushalten. Wir haben uns jedes Mal total gefreut, wenn wir wieder abgeholt wurden. Aus Vorsicht haben wir immer zugesehen, dass wir sofort

ins Auto gekommen sind. Nicht auszudenken, wenn Herrchen und Frauchen
uns aus Versehen vergessen hätten!

Leider ist Idefix nicht lange bei Stefan
und Franzi geblieben. Er ist krank geworden und irgendwann war er nicht
mehr da. Mich hat das ein bisschen
traurig gemacht, denn ich konnte Idefix gut leiden. Murphy hat so getan, als
ob es ihm nichts ausmachen würde,
dass Idefix weg war, aber ich glaube, er
hat ihn auch vermisst.
Mit Lisa, meiner Katzenfreundin habe
ich noch oft gespielt und auch
manchmal mit ihr gekuschelt. Nicht so
oft, wie mit Murphy, aber ab und zu
schon. Auch sie ist eines Tages verschwunden. Das hat nicht nur mich
und Murphy, sondern auch unser
Herrchen und das Frauchen traurig
gemacht. Herrchen hat ein paar Tage
nach ihr gesucht und sie schließlich in
einem Gebüsch am Straßenrand ge-

funden, in das sie sich verkrochen hatte. Das Abschiednehmen war ganz schön schlimm. Ich glaube nicht, dass ich noch einmal eine solche Katzenfreundin finden werde.

Murphys Fell und meines ist mit den Jahren grau geworden und ab und zu hat uns das eine oder andere Zipperlein geplagt.

Meistens haben wir uns gut verstanden. Nur manchmal, wenn Murphy mir all zu sehr auf den Geist gegangen ist oder wenn ich extrem schlechte Laune hatte, habe ich ihn ein bisschen gezwickt. Dann hat er Bescheid gewusst, dass er mich in Ruhe lassen sollte, was er auch getan hat.

Vor einiger Zeit ist etwas passiert, was sehr traurig ist. Mein Murphy ist krank geworden. Er konnte gar nicht mehr richtig atmen. Das Frauchen ist ein paar Mal mit ihm weggefahren und hat ihm anschließend immer Leberwurst gegeben, in der sie kleine, runde, weiße Dinger versteckt hatte, die ihn wieder gesund machen sollten. Ich habe dann auch immer Leberwurst bekommen, aber ohne die kleinen Dinger drin. Das war super.

Für eine Weile ist es Murphy etwas besser gegangen.

Aber dann, an einem Sonntag ist er immer hin und her gelaufen und hat sich gar nicht hingelegt, weil er dann keine Luft bekommen hat. Das Herrchen ist die ganze Nacht bei ihm geblieben und am nächsten Morgen sind er und das Frauchen mit ihm weggefahren. Als sie wiederkamen, waren sie beide ganz furchtbar traurig.

Seitdem habe ich Murphy nicht mehr gesehen und obwohl ich überall gesucht habe, kann ich ihn nicht finden.

Natürlich bin ich sehr unglücklich darüber, denn ich habe noch nie einen einzigen Tag ohne ihn verbracht. Obwohl Herrchen und Frauchen beson-

ders lieb zu mir sind und mich immerzu streicheln und mit mir kuscheln
wollen, fehlt mir der alte Murphy sehr.

Wie es scheint bin ich jetzt also ganz
allein. Erst ist Idefix verschwunden,
dann musste ich meine Katzenfreundin
Lisa gehen lassen und jetzt hat auch
Murphy mich verlassen. Das fühlt sich
nicht besonders gut an.
Ich bin so müde und mag am aller-
liebsten den ganzen Tag schlafen. Vielleicht schlafe ich bald einfach ein und
vielleicht finde ich im Traum zu ihnen.

Am Ende eines Buches dankt der Autor für gewöhnlich allen möglichen Leuten, die ihn unterstützt haben.

Nun ich möchte mich auch bedanken:

Murphy, Jeany, Emma, Lisa, Idefix - ohne euch und eure verrückten Streiche hätte es dieses Buch nie gegeben. Danke, dass es euch gibt und gegeben hat.

Angie Pfeiffer, wurde 1955 in Gelsenkirchen geboren. Sie schreibt Unterhaltungsliteratur in Form von Romanen und Kurzgeschichten für Erwachsene sowie Kinderbücher. Sie hat Romane, E-Books und zahlreiche Kurzgeschichten in Anthologien, Literaturzeitschriften und der Tagespresse veröffentlicht.

Home: angie-pfeiffer.com

<u>Veröffentlichungen:</u>

Nur wer fällt, kann fliegen lernen
Roman
Tim wünscht sich nichts sehnlicher, als eine
ganz normale Beziehung. Das ist leichter gesagt als getan, denn irgendwie gerät er immer
an die falschen Frauen ...

Leben lernen
Roman

Ruhrpottklüngel
Roman
Kindheit und Jugend im Herzen des Ruhrge-
biets

Ruhrpott Pärchen
Roman
Leben und lieben zwischen Emscher und
Rhein-Herne-Kanal

Ruhrpottherzen
Roman
Ein Buch über Macker und Tussis, Döppken und Blagen, Hallas und Halligalli, Fissematenten, Sperenzkesund ein ganz schönes Schlamassel.

Ruhrpottabschied
Roman
Männersuche per Internet

Liebesbriefe
Briefe für ganz besondere Menschen

@Mail Verkehr
Roman
Eine humorvolle Liebesgeschichte in E-Mail Form

Relativ verliebt - Liebe online
Roman
Liebe per Internet

Das Buch des Lebens
Gedichte, Gedanken, kurze Texte

Ein Dackel namens Murphy
Roman
Ein Buch für Dackelfans, Hundefreunde, Katzenliebhaber und tierliebe Menschen

Ein Dackel kommt selten allein
Heitere Kurzgeschichten für Hundefreunde

Insel über dem Wind
Kurzgeschichten
Spannende, wissenswerte und amüsante
Kurzgeschichten rund um das Verreisen

Sieben Leben
Kurzgeschichten
Mörderische Krimis

Menschen(s)kinder
Kurzgeschichten
Werden sie denn nie erwachsen?

Küsse niemals einen Frosch
Kurzgeschichten
Märchen für Erwachsene

Kinderbücher:

Zirkus Nüke-Nake
Ein ganz besonderer Zirkus

Dreifarbenland
Wer rettet das Dreifarbenland vor dem Zauberer Graubart

Paulina findet einen Freund
Acht Geschichten über die Freundschaft

Der verzauberte Wald
Zauberhafte Geschichten

Omas zauberhafte Geschichten
Sieben Geschichten, die verzaubern

Wim. der Wumpel
Geschichten über einen Kobold

Die Abenteuer von Sverre und Jonne
Zwei Brüder erleben spannende Abenteuer

Prunseline & Karli
Ein Mäusejahr

Der goldene Sonnenstein

Flockes Abenteuer
Ein Pony sucht das Land über dem Regenbogen